Birthe zur Nieden

WER STEHT SCHON AUF PFERDE?

BIRTHE ZUR NIEDEN

Kat & Co.

Band 1

Wer steht schon auf Pferde?

francke

Über die Autorin:
Birthe zur Nieden, Jahrgang 1979, hat schon mit fünf Jahren die erste Pferdegeschichte verfasst und mit dem Schreiben danach nicht wieder aufgehört. Das Reiten entdeckte sie erst vor einigen Jahren richtig für sich, dafür hat das Pferdevirus sie seitdem fest im Griff. Sie hat in Marburg studiert und lebt und arbeitet weiterhin dort – bis jetzt noch ohne eigenes Pferd …

Bibliografische Information Der Deutschen Bibliothek
Die Deutsche Bibliothek verzeichnet diese Publikation in der Deutschen Nationalbibliografie; detaillierte bibliografische Daten sind im Internet über http://dnb.ddb.de abrufbar.

ISBN 978-3-86827-506-3

35037 Marburg an der Lahn
Umschlagbilder: © iStockphoto.com / anton_novik und vicuschka
Umschlaggestaltung: Verlag der Francke-Buchhandlung GmbH / Sven Gerhardt
Satz: Verlag der Francke-Buchhandlung GmbH
Printed in Czech Republic

www.francke-buch.de

1. Kapitel

... in welchem wir Kat und ihre Familie kennenlernen, ein Geburtstag gefeiert wird und ein gewisser Otto die Bildfläche betritt.

„Kaaa-thiiii!“

Kat hörte auf, ihre frisch gewaschenen Haare trocken zu rubbeln, und zog eine Grimasse. Eigentlich konnte sie diese Abkürzung nicht leiden, aber da ihre Mutter sie fast nur noch benutzte, wenn sie nach ihr rief – „Einsilbige Namen kann man furchtbar schlecht durchs Haus brüllen, das musst du doch zugeben!“ –, nahm sie es inzwischen ohne Protest hin.

„Kommst du noch runter, bevor dein Vater wegmuss?“, schrie Mom von unten gegen die aufgedrehte Stereoanlage in Kats Zimmer an.

Richtig, Papa fuhr heute auf einen Lehrgang. Nix mit gemütlichem Samstagmorgen also.

„Komme gleich!“, rief Kat, warf das Handtuch ungefähr in Richtung Wäschekorb und betrachtete zufrieden ihre in alle Richtungen abstehenden Haare. Sie leuchteten tiefrot, schließlich hatte sie gestern erst nachgefärbt. Rasch kämmte Kat sie glatt und band sie zu einem kleinen Pferdeschwanz zusammen.

Zurück in ihrem Zimmer, zerrte sie eine zerrissene Jeans und ihre Lieblings-Rüschenbluse aus dem Schrank und wühlte noch die regenbogenfarbigen Armstulpen aus der Kommode hervor. Eilig zog sie sich an, schaltete die Musik ab und wollte schon hinuntergehen, da fiel ihr Blick auf das in eine Werbebeilage eingewickelte Päckchen auf dem Schreibtisch – anderes Papier hatte sie gerade nicht zur Hand gehabt. Der Geburtstag, natürlich! Jetzt hätte sie doch tatsächlich beinahe den Geburtstag ihrer Mutter vergessen! Sie griff das Päckchen und rannte die Treppe hinunter ins Esszimmer.

Ihre Eltern saßen bereits am schön gedeckten Frühstückstisch. Für Tischdekoration war Papa immer zu haben, und an Geburtstagen natürlich besonders. An seinem eigenen musste er sich übrigens auch selbst darum kümmern. Mom war für Kuchen, Kerzen und solche Dinge viel zu wuselig.

„Herzlichen Glückwunsch, Mom, und Gottes Segen!“, rief Kat, fiel ihrer Mutter von hinten um den Hals und drückte ihr einen Kuss auf den mittelblonden Scheitel.

„Danke, mein Schatz!“

Auf der anderen Seite des Tisches verdrehte Kats Vater die Augen und seufzte. „Ich wünschte ja, du würdest dir dieses alberne ‚Mom‘ wieder abgewöhnen, Katharina!“

„Ach, lass sie doch. Solange sie mich nicht einfach Silke nennt, kannst du doch ganz zufrieden sein.“

„Eben“, sagte Kat und schob das Geschenk vor ihrer Mutter auf den Tisch, wobei sie beinahe die Brombeermarmelade heruntergefegt hätte. „Hier, für dich. Hab ich im Antiquariat gefunden.“

„Das Geschenkpapier ist ja sehr originell“, sagte Mom und grinste, während sie sich durch die Sonderangebote von Fleisch, Shampoo und Dosensuppen zu ihrem Buch durcharbeitete. „Oh, *Black Beauty*! Und was für eine schöne alte Ausgabe – vielen Dank!“

Kat schnappte sich ein Brötchen und begann, es dick mit Schokocreme zu bestreichen.

„Aber du wirst nie raten, was ich von deinem Vater gekriegt habe!"

Kat sah, wie ihre Mutter vor Aufregung auf dem Stuhl herumrutschte, und grinste. „Ich werde sowieso nicht zum Raten kommen, so lange hältst du's ja gar nicht aus."

„Ein Pferd!", platzte Mom prompt heraus und strahlte dabei übers ganze Gesicht.

Kat ließ fast das Brötchen fallen. „Ein was?", fragte sie mit vollem Mund, schluckte hastig und schaute ihren Vater ungläubig an. „Bist du übergeschnappt? Haben wir im Lotto gewonnen?"

„Ich habe mir sagen lassen, dass die Gewinnchance sehr gering ist, wenn man keinen Schein abgibt", bemerkte ihr Vater trocken. „Nein, es ist einfach so, dass wir inzwischen hier Wurzeln geschlagen haben und meine Arbeitsstelle in der Bank einigermaßen sicher ist. Und deiner Mutter macht das Reiten genauso viel Spaß, wie sie sich das als Kind immer vorgestellt hat. Wenn nicht jetzt, wann dann?"

„Oh Mann!" Fassungslos schüttelte Kat den Kopf. „Meine Mutter kriegt ein Pferd. Was für eins denn?"

„Das muss sie sich selber aussuchen. Glaubst du, ich kaufe ein Pferd für sie, wo ich die Viecher am liebsten aus der Ferne begucke?"

„Und ich habe auch schon eins im Auge", verkündete Mom und schlug mit der Hand auf die aufgeschlagene Zeitung, die neben ihrem Teller auf dem Tisch lag. Wieder mal der Tiermarkt, stellte Kat fest, als sie den Hals nach der Seite verdrehte. Den schaute ihre Mutter schon lange jeden Morgen sehnsüchtig durch. „Hör mal, Kat: *Haflingermix, 12 Jahre, freizeitger., lieb u. ruhig, auch f. Anfänger, Preis VB.* Um halb elf gucke ich es mir an. Ist gar nicht weit weg, zwanzig Minuten Fahrt, sagte die Besitzerin. Du kommst doch mit, ja?"

„Meinetwegen", sagte Kat. Dann erst fiel ihr etwas auf. „Hast du da etwa heute Morgen schon angerufen?" Es war schließlich erst kurz vor neun an einem Samstag!

„Um halb acht", bestätigte ihr Vater mit verdrehten Augen.

„Was denn? Jetzt wäre er womöglich schon weg gewesen!", verteidigte sich ihre Mutter. „Da rufen bestimmt Tausende von Leuten an, so toll, wie die Anzeige klingt!"

Kats Vater stand auf. „Na, wie auch immer, jetzt ist es sowieso nicht mehr zu ändern. Ich muss los, ein paar arme Computer quälen, damit ich auch die nächsten Brötchen verdiene – mit dem einen übrig gebliebenen kommen wir ja nicht weit. Ich wünsche euch einen schönen Tag, und verwöhn deine Mutter an ihrem Geburtstag ein bisschen an meiner Stelle, Katharina, ja?"

Mom wedelte abwehrend mit der Hand. „Bloß das nicht! Ihr wisst doch genau, dass ich es nicht leiden kann, wenn man von mir verlangt, mich ‚schön gemütlich' in einen Sessel zu setzen und mich zu Tode zu langweilen, nur damit man mir Kaffee ans Bett bringen und mich mit Schokolade mästen kann!"

Kats Vater lachte und küsste sie auf die Nasenspitze. „Ich meinte auch eher, dass sie wirklich mit dir Pferde angucken fährt und auch beim dritten noch versucht, ein bisschen Interesse aufzubringen."

„Ich werd's versuchen", versprach Kat und stellte ihre Kakaotasse ab. Dann begann sie zu grinsen. „Lern schön!" Das sagte er sonst morgens immer, wenn sie in die Schule musste. Heute war es mal umgekehrt und das war ein nettes Gefühl. Zumal er selbst garantiert insgeheim froh war, dass er nicht mit zur Pferdebesichtigung musste.

„He, du Rabenaas! Schadenfreude ist nicht gut für die Verdauung!" Er seufzte. „Dass diese blöde Fortbildung aber auch ausgerechnet an diesem Wochenende sein muss …"

„Morgen Nachmittag bist du ja wieder da und dann gibt's Torte", tröstete Mom ihn. Tiefgefrorene Torte natürlich, denn außer Waffeln und kaltem Hund hatte Mom noch keinen Kuchen zustande gebracht. Während sie ihn bis zur Tür begleitete, schnappte sich Kat das letzte Brötchen.

Als Mom wieder hereinkam, warf sie sofort einen Blick auf die Uhr. „Aber iss nicht zu lange, ja? Wir müssen bald los. Oh Mann, ich bin so aufgeregt!"

Kat seufzte. „Mom! Wir haben noch fast eine Stunde!"

Das konnte ja heiter werden!

* * *

„Bist du sicher, dass wir hier richtig sind?" Kats Stimme hüpfte mit den Stoßdämpfern des knallgrünen Kleinwagens ihrer Mutter um die Wette, als sie kurze Zeit später über den unbefestigten Weg rumpelten. Weit und breit war kein einziges auch nur ansatzweise stallähnliches Gebäude zu sehen, nur Felder, ab und zu ein Baum und das Dorf, durch das sie auf diesen Niemandspfad gekommen waren.

„Doch, doch", versicherte Mom und schaltete in den ersten Gang hinunter. „Es muss hier sein. Die nette Frau hat das sehr genau beschrieben. Gleich müsste eine Delle kommen, daaaa ..."

Kat konnte einen kleinen erschrockenen Quietscher nicht unterdrücken, als sie plötzlich steil bergab fuhren. „Delle" war ja wohl heftig untertrieben! Das Gerumpel wurde noch stärker und Kat war plötzlich froh, dass beim Frühstück kein drittes Brötchen mehr dagewesen war, sonst hätte ihr Magen ihr diese Fahrt sicher übel genommen.

„... und da ist auch schon der Stall. Siehst du!" Moms Wangen waren ganz rot vor Aufregung und sie hielt das Lenkrad fest umklammert.

Einen Stall konnte Kat allerdings immer noch nicht sehen. Jedenfalls nicht das, was sie sich unter einem Stall vorstellte.

Nicht dass sie viel Ahnung von diesen Dingen gehabt hätte – Pferde und allgemein Tiere, die größer als Hunde waren, hatten bei ihr nie die Jubelschreie ausgelöst, die andere Mädchen bei ihrem Anblick ausstießen. „Andere Mädchen“ schloss dabei ihre seit heute neununddreißigjährige Mutter ein, die wie ein Gummiball aus dem Auto sprang, sobald sie die Handbremse angezogen hatte. Vor dem barackenartigen Gebäude blieb sie stehen und wartete ungeduldig auf Kat. „Nun komm schon!“

„Wir sind viel zu früh, es ist bestimmt noch keiner da“, bemerkte Kat und bereute, als sie aus dem Auto stieg, dass sie ihre Sneaker angezogen hatte. Der Boden war aufgeweicht und matschig und die Nässe drang in Sekundenschnelle durch den Stoff zu ihren Füßen durch.

Naja, was tut man nicht alles für pferdeverrückte Mütter, wenn sie Geburtstag haben, dachte Kat und stapfte zu dem aus Brettern, Planen und Metallstangen scheinbar willkürlich zusammengebastelten Unterstand hinüber.

„Das sieht ja ... originell aus“, bemerkte sie vorsichtig.

Moms Augen glänzten immer noch. „Ja, nicht wahr? Eigenbau, würde ich sagen. Und Offenstall – das ist ein gutes Zeichen, dann ist es ein glückliches Pferd!“

Wieso ein Pferd glücklich sein sollte, wenn es in einer aus Sperrmüll zusammengetackerten Bretterbude leben musste, erschloss sich Kat nicht wirklich, aber bevor sie fragen konnte, hörte sie eine tiefe, weibliche Stimme antworten: „Allerdings, das ist er auch!“, und jemand kam um die Ecke des Stalles herum. Kat zuckte erschrocken zusammen – bloß gut, dass sie nicht mehr dazu gekommen war, das mit dem Sperrmüll zu sagen, das wäre echt peinlich geworden.

„Herzlich willkommen“, sagte die Frau und streckte Mom mit einer energischen Bewegung über den Elektrozaun hinweg den rundlichen Arm entgegen. „Silke Meißner? Wir hatten telefoniert, nicht?“

„Richtig“, sagte Mom und ließ sich die Hand schütteln. Anders konnte man das kaum bezeichnen, denn die Frau war mindestens einen Kopf größer als sie und garantiert doppelt so umfangreich, dazu ausgestattet mit Schultern, die aussahen, als gehörten sie eigentlich einem Weltmeister im Schwergewicht. Im Kontrast dazu trug sie allerdings eine Blümchenbluse mit Rüschen zu ihrer grünen Cordhose und den regenbogengestreiften Gummistiefeln.

„Ah, gut, du hast Reitstiefel an“, sagte sie mit einem Blick auf Moms Füße. „Der Boden ist nämlich ein wenig weich. Mit dem Ausprobieren ist es allerdings leider schwierig, weil Otto den Sattel kaputtgemacht hat. War zwar keine Absicht, aber er ist hin. Wobei er sowieso nicht mehr passte, von daher war ich ihm nicht allzu böse. Aber kommt erst mal mit.“

Damit hob sie wie selbstverständlich das durchhängende oberste Band des Elektrozauns an, der also offensichtlich keinen Strom führte, und Kat und ihre Mutter kletterten durch die entstandene Lücke. Kat fühlte sich etwas unbeholfen und fragte sich gleichzeitig, wer wohl dieser Otto war, der den Sattel auf dem Gewissen hatte.

„Ich bin übrigens die Lissy“, sagte die Frau und half Kat, ihren Fuß aus dem unteren Draht zu befreien. „Du bist sicher die Tochter, nicht? Reitest du auch?“

„Nee“, sagte Kat und schaute bekümmert auf ihre schlammverschmierten Stoffschuhe hinunter. „Sieht man das nicht an meiner schlechten Vorbereitung?“

Lissy lachte und ging ihnen voran um den Stall herum. *Lissy und Otto*, dachte Kat, *na, das muss ja ein interessantes Paar sein.* Der Typ trug bestimmt Vollbart und kleidete sich in Leinenhemden und Wollstrickjacken.

Dann traten sie um die Ecke der Bretterbude, die tatsächlich mehr eine Art Unterstand war, an dieser Seite war sie nämlich offen.

„So“, sagte Lissy, „das ist also mein Otto.“

Kat schaute sich irritiert um, aber das einzige Wesen, das weit und breit zu sehen war, war das schmutzige Pferd, das mit hängendem Kopf mitten auf dem matschigen Vorplatz stand. Einen Bart hatte es jedenfalls nicht, stellte Kat fest und bemühte sich angestrengt, nicht allzu breit zu grinsen. Statt eines Leinenhemdes trug es ein rötlich-bräunliches Fell am Körper und gräulich-bräunliche Haare in der total schlammverklebten Mähne und dem Schwanz, den man nicht Schwanz, sondern Schweif nennen musste, weil Mom sonst wieder sämtliche Körperteile des Pferdes herunterbeten würde. Es wirkte ziemlich rundlich und ziemlich klein und ganz außerordentlich ungepflegt. Mit den Bildern von feurigen Arabern in Moms Büchern hatte dieser Otto ungefähr genauso viel Ähnlichkeit wie Moms zehn Jahre altes Froschauto mit einem Formel-1-Rennwagen.

Otto! Kat zog schnell ein Taschentuch aus der Hosentasche und putzte sich die Nase, um nicht doch noch loszuprusten. Die Pferde in der Reitschule, in der sich Mom seit einem Jahr ihren Kindheitstraum erfüllte, hatten ja schon teilweise merkwürdige Namen, aber das hier war echt die Krönung.

„Ooohh, ist der hübsch!“, hörte sie in diesem Moment ihre Mutter neben sich verzückt hervorstoßen, was bewirkte, dass sich Kats Lachreiz augenblicklich verflüchtigte. Hübsch?!

„Ja, nicht?“, sagte Lissy. „Und er ist auch ein ganz lieber. Ich hole mal die Trense, dann kannst du wenigstens kurz eine Runde um den Paddock drehen. Das ist er gewohnt, ich habe mich in letzter Zeit schließlich auch nur noch ohne Sattel draufgesetzt. Weil ich so wenig geritten bin, hat sich ein neuer nicht gelohnt ...“

Während Ottos Besitzerin im Stall verschwand und Mom sich dem verklebten Pony mit einem Schwall schmeichelnder Worte näherte, blieb Kat lieber in sicherer Entfernung stehen. Sie war schließlich nur zum Beobachten mitgekommen. Ängstlich war sie zwar nicht direkt, aus dem Alter war sie raus, aber einen gesunden Respekt hatte sie vor Pferden aus der Nähe doch noch. Immerhin hatten die Viecher harte Hufe und kräftige Zähne und sie selbst hatte keine Ahnung, wie man mit ihnen umging.

Lissy kam mit dem Zaumzeug zurück. „Na, habt ihr schon die ersten spirituellen Bande geknüpft?“, fragte sie, während sie dem etwas widerwillig wirkenden Pferd zuerst mit der Hand ein paar der größten Placken getrockneten Schlammes vom Kopf pulte und dann das Gebiss ins Maul beförderte. „Das ist gut. Ich sage immer: Es muss auf den ersten Blick funken, dann weiß man, dass man einen Seelengefährten gefunden hat.“

Seelengefährte, ach du liebe Zeit, dachte Kat, aber Mom ging gar nicht darauf ein. „Er ist jedenfalls ein Schatz!“, sagte sie mit so viel Begeisterung in der Stimme, dass Kat mulmig zu werden begann. Diesen Tonfall kannte sie, der kam immer kurz vor einer der nicht nur von ihrem Vater gefürchteten Spontanaktionen, für die ihre Mutter auch in der Kirchengemeinde inzwischen schon berüchtigt war.

„Na, dann mal rauf“, sagte Lissy fröhlich und schob Mom am angewinkelten linken Bein auf den Pferderücken. Größenmäßig passten die beiden sogar recht gut zusammen, stellte Kat fest. Auf so einem Schlachtross, wie man sie im Fernsehen bei Dressurturnieren sah, hätte ihre Mutter mit ihren Einssechsundfünfzig vermutlich eher albern gewirkt.

Mom hampelte ein wenig herum, schnalzte und drückte die Beine an den runden Ponybauch und schließlich ging Otto los. Wie auf einem Dressurturnier sah es wirklich nicht aus. Die Hufe schlurften so über den Boden, dass sie teilweise Furchen im Matsch hinterließen, und der Kopf hing nach wie vor halb schlafend nach unten. Mom ritt zwei Runden um den Zaun, dann hielt sie vor Lissy an und sagte: „Ich kaufe ihn.“

Kat zuckte zusammen. Sie hatte es ja geahnt – da war die

Katastrophe schon eingetreten. Dabei wussten sie noch nicht einmal, wie viel das Pferd kosten sollte!

„Mom!“, rief sie eindringlich. „Du wolltest doch erst noch mal mit deiner Reitlehrerin vorbeikommen!“

„Ja, aber das geht dieses Wochenende halt nicht und ab Montag ist sie auf einem Lehrgang. Außerdem weiß ich auch so, dass Otto genau der Richtige für mich ist. Er ist wunderbar! Wie viel soll er denn eigentlich kosten?“

Während ihre Mutter vom Pferderücken aus die Preisverhandlungen begann, überlegte Kat fieberhaft, wie sie diese leichtsinnige Aktion verhindern konnte. Womöglich war das Pferd eigentlich bösartig und nur jetzt gerade mit Beruhigungsmitteln vollgestopft? So sah es auf jeden Fall aus. Oder es war irgendwie krank, ohne dass man das sehen konnte?

Krank, das war es! „Mama“, mischte sie sich in das Gespräch ein, „hast du nicht gesagt, dass immer erst der Tierarzt gucken muss, bevor man ein Pferd kauft?“

„Natürlich, eine Ankaufsuntersuchung möchte ich schon noch machen lassen“, erklärte Mom mit einem kleinen Zögern in der Stimme.

„In Ordnung. Otto ist so pumperlgesund, dass ich dir sogar anbiete, sie zu zahlen, wenn der Tierarzt was Entscheidendes findet.“

„Na, das ist doch mal ein Angebot! Dann sind wir uns ja einig.“ Strahlend rutschte Mom vom Rücken ihres zukünftigen Pferdes herunter und ergriff Lissys Hand. „Ich suche mir einen Tierarzt, der so schnell wie möglich kommen kann, und regele schon mal alles mit dem Stall. Dann kann Otto bald bei mir einziehen.“

„Mein Zimmer kriegt er nicht“, murmelte Kat – aber so leise, dass die beiden Frauen es nicht hörten. Ihre Mutter war sowieso viel zu aufgedreht, um den Witz zu verstehen.

Der Abschied zog sich länger hin. Nicht etwa der von Lissy,

der war am Ende schnell erledigt, aber Mom musste erst noch ausgiebig Otto ganze Romane ins Ohr flüstern, während sie ihn an jeder verfügbaren Stelle seines Körpers streichelte. Wahrscheinlich versprach sie ihm goldene Haferberge oder was Pferde sonst so am liebsten fressen mochten. Aber schließlich konnten sie doch noch den Auslauf verlassen und Kat stapfte hinter ihrer vor Glück beinahe schon schwebenden Mutter her zum Froschauto zurück.

Pflichtbewusst versuchte sie, den Schlamm so gut es ging von den Schuhen abzustreifen, bevor sie ins Auto stieg – jedenfalls bis sie bemerkte, dass ihre Mutter selber keine Hemmungen hatte, Pferdehaare und Dreck an Hose, Pulli und Stiefeln als Andenken mit in den Wagen zu nehmen.

Während Kat sich anschnallte, stellte sie fest, dass es ziemlich merkwürdig war, wenn man sich mit vierzehn Jahren nicht nur erwachsener *fühlte* als die eigene Mutter, sondern es in diesem Moment sogar eindeutig *war.*

2. Kapitel

... enthält eine Menge Pferdenarrheit, einen Familienausflug mit Anhänger und freilaufende Gummibärchen.

„Glaubst du wirklich? Isa und Jonas?"

„Klar, Marie hat es doch vorhin selber gesehen – wenn sie händchenhaltend über den Schulhof gehen, ist es ja wohl eindeutig!" Kat blieb auf dem Bürgersteig stehen und schob durch den Stoff ihres Rucksacks hindurch das Englischbuch zur Seite, das sich in ihren Rücken bohrte. „Ob Jonas gut küssen kann?"

Helli zuckte mit den Achseln. „Hmm."

Kat grinste und betrachtete ihre beste Freundin, die jetzt auf ihre Füße hinunterschaute, als gebe es auf dem Bürgersteig etwas zu lesen. Sie hatten sich sehr bald nach dem Umzug angefreundet. Das hatte sich so ergeben und immerhin gingen sie nicht nur in eine Klasse, sondern auch zusammen in den Teenkreis der Kirchengemeinde. Eigentlich passten sie scheinbar so gar nicht zusammen – Helli war ruhig, brav, gut in der Schule und nachdenklich, also das glatte Gegenteil von Kat. Aber das störte nur die anderen. Wenn man sich mochte und wenigstens irgendwas gemeinsam hatte, dann musste man gar nicht in allem gleich ticken, fand Kat.

Trotzdem machte es Spaß, Helli ab und zu ein bisschen zu ärgern und aus der Reserve zu locken. „Bist du jetzt nur verklemmt oder bist du selber in Jonas verknallt?", fragte Kat darum.

Empört schaute Helli hoch. Ihre Ohren unter dem blonden Zopf sahen aus, als hätte sie einen Sonnenbrand. „Ich bin weder verklemmt noch verknallt. Jonas interessiert mich gar nicht und bisher auch andere Jungen nicht, falls du gleich weiterbohren willst!"

„Dafür hast du aber ganz schön rote Ohren."

„Du bist so doof, Kat!" Während ihre Ohren immer noch rot leuchteten, kniff Helli Kat mit einem Kichern so schnell in den Arm, dass die Attacke nicht mehr abzuwehren war. „Du hast das ja auch absichtlich provoziert!"

Kat rieb sich über den Arm, blieb kurz stehen und stellte sich in Positur. „Niemals", deklamierte sie theatralisch. „Niemals würde ich solcherlei tun!"

Helli betrachtete sie mit sorgenvoll gerunzelter Stirn. „Die letzten Deutschlektüren sind dir anscheinend gar nicht bekommen."

„Stimmt. Die liegen einem so schwer im Magen. Hast du das verstanden heute mit dem Hund im Deich? Ich kriege von sowas irgendwie Sodbrennen und dann kommt es eben oben raus."

„Das war also eben ein Rülpser? Iiiih. Aber was gab es denn am *Schimmelreiter* nicht zu verstehen?"

Kat seufzte. Helli las einfach zu viel – und nicht bloß Krimis wie sie selbst.

Inzwischen waren sie vor Kats Haustür angelangt und jetzt war es wieder so weit: Das Thema des Tages ließ sich nicht mehr verdrängen. „Du rufst mich nachher an, wenn du weißt, wie es ausgegangen ist mit der Untersuchung, ja?"

Kat seufzte gleich noch einmal. Es war schließlich nicht nur das Thema des Tages, sondern auch schon das des Vortages gewesen und des Tages davor auch. Seit Kat nämlich am Sonntag im Gottesdienst von dem zukünftigen pferdigen Familienzuwachs erzählt hatte, spukte dieses Pferd so hartnäckig in Hellis Kopf herum, dass es wenigstens jede halbe Stunde einmal zur Sprache kam.

„Und frag deine Mutter, ob ich mal mitkommen darf, wenn er da ist. Natürlich nicht zum Reiten, sondern nur zum Gucken und Streicheln, und vielleicht darf ich ja mal ausmisten oder so." Hellis Hände spielten, während sie sprach, pausenlos mit dem Ende ihres langen Zopfes herum und in ihren Augen lag der gleiche fiebrig-begeisterte Ausdruck wie bei Mom.

Kat nickte ergeben. Begonnen hatte der Nachhauseweg mit Otto und nun endete er also auch mit Otto. „Sag mal, warum wusste ich eigentlich nicht, dass du auch wie so 'ne Irre auf Pferde reagierst?"

Helli zuckte mit den Achseln. „Weil du nie danach gefragt hast – und ich hab nicht davon angefangen, weil ich ja weiß, dass du Pferde blöd findest."

„Ich finde nicht Pferde an sich blöd, sondern das Getue, das um sie gemacht wird", korrigierte Kat ihre Freundin. Dann fiel ihr etwas auf. „Aber du hast ja nicht mal Poster in deinem Zimmer hängen oder liest diese Romanreihen – *Reiterhof zur Grünen Linde* und so."

„Davon gibt's so wenig christliche. Außerdem mag ich nicht so viel mit Pferden um mich haben, wenn ich doch nicht reiten lernen darf. Da werde ich bloß sehnsüchtiger."

Kat nickte. Hellis Eltern waren ziemlich streng, was ihre Art zu glauben betraf, und auch sonst in vielem. Manche ihrer Ansichten fand Kat mehr als seltsam, zum Beispiel, dass sie Helli nie erlauben würden, die Haare abzuschneiden, sich zu schminken oder einen Rock anzuziehen, der die Knie freiließ. Aber inzwischen hatte sie sich abgewöhnt, mit ihnen oder auch mit Helli darüber zu diskutieren – das führte zu nichts, außer dass Hellis Eltern womöglich irgendwann auf die Idee kommen könnten, ihrer Tochter die Freundschaft mit Kat zu verbieten, weil die so modern war, oder was auch immer ihnen an ihr noch missfiel. Aber was gab es am Reiten auszusetzen?

„Warum darfst du denn eigentlich nicht reiten?“, fragte sie vorsichtig.

„Zu teuer und darum ein verderblicher Luxus, sagt Vater. Außerdem würde es stolz machen, sagt er.“ Helli schwieg einen Moment und biss sich auf die Lippen. „Aber ich glaube nicht, dass das stimmt“, fügte sie ein wenig trotzig hinzu. „Jedenfalls nicht immer. Deine Mutter wird sicher nicht stolz werden, wenn sie ihr Pferd hat.“

„Nee“, sagte Kat und grinste breit. „Nicht, wenn die Untersuchung vom Tierarzt heute gut läuft und sie dieses fette, trödelige Pony kauft. Wenn sie mit dem Gaul hochmütig wird, müssen wir sie in die Klapse einweisen lassen.“

Hellis Gesicht hellte sich wieder auf. „Und du rufst auf jeden Fall an, ja? Egal ob sie gut oder schlecht läuft.“

„Klar“, bestätigte Kat. „Wenn du nicht bis morgen warten kannst ...“

„Ich bin halt so gespannt!“

„Schon okay, ich ruf dich an. Bis nachher!“

Sie umarmten sich kurz, dann trottete Helli weiter nach Hause, während Kat den Schlüssel aus dem Rucksack holte.

Das Haus war leer. Keine lebende Seele bis auf die Fische im Aquarium im Wohnzimmer. Rasch schaute Kat auf die Uhr. Zwanzig vor vier, die Untersuchung sollte gerade erst vor zehn Minuten angefangen haben – noch viel Zeit also, bis Mom wieder nach Hause kam. Zufrieden pfefferte sie den Rucksack in eine Ecke, holte die neue CD aus ihrem Zimmer und drehte die Stereoanlage im Wohnzimmer auf. Dann fläzte sie sich mit Keksen und Cola ausgestattet aufs Sofa. Eine Weile träumte sie einfach nur ein bisschen vor sich hin, genoss die Gitarrenriffs und die raue Stimme des Leadsängers ihrer Lieblingsband, die auf der großen Anlage im Wohnzimmer einfach besser rauskamen als in ihrem Zimmer. Dann wanderten ihre Gedanken zu Helli zurück. Bei deren Eltern kam Rock oder auch nur Popmusik überhaupt nicht ins Haus, nicht mal solche mit christlichen Texten. Nein, entschied Kat, sie hatte schon Glück mit ihren Eltern. Auch wenn ihre Mutter manchmal peinlich kindisch war.

In diesem Moment flog die Wohnzimmertür so heftig auf, dass sie mit einem Klirren der eingebauten Blindglasscheibe gegen den Türstopper prallte und durch den Schwung gleich wieder zufiel. Aber da war Mom schon längst mitten im Zimmer. „Er ist durch!“, rief sie laut gegen die wummernden Bässe an. „Mach mal leiser!“

Eigentlich hatte Kat keine Lust dazu, vor allem nicht, solange der Song noch nicht zu Ende war. So langsam wie möglich suchte sie nach der Fernbedienung – aber das half natürlich auch nichts, wenn ihre Mutter sich gleich direkt zur Anlage begab und die Lautstärke auf ein sanftes Säuseln herunterdrehte.

„Och Mann“, jammerte Kat, „hättest du nicht wenigstens das Lied abwarten können?“

„Nee. Da kriegt man ja einen Hörsturz.“

„Ja, ich weiß schon – wenn ich dreißig bin, bin ich taub, blind und gelähmt, weil ich laut Musik höre, im Dunkeln lese und mit Inlinern die Treppen am Schillerplatz runterfahre.“

Mom ging nicht auf die Ironie ein. Strahlend setzte sie sich neben Kat aufs Sofa. „Jedenfalls ist er völlig gesund, ist das nicht toll?“

„Ja, super, das sind ja gute Nachrichten!“, sagte Kat. Das Pferd war ihr zwar völlig wurscht, aber sich mit Mom mitfreuen konnte sie trotzdem.

„Der Tierarzt meint, er sei übergewichtig, da sollte man was dran tun“, sprudelte Mom drauflos. „Lissy war ganz empört, das würde man doch spüren, wenn es dem Tier schlecht ginge. Ein bisschen seltsam ist die Frau ja schon. Aber Otto ist einfach knuffig. Und er war so brav, hat die Hufe problemlos gegeben, die Beugeprobe ganz tapfer ausgehalten – da wird das Bein angewinkelt und dann wieder losgelassen, und wenn das Pferd danach lahmt, dann ist was nicht in Ordnung. Aber er ging ganz klar."

„Er ging wie?", fragte Kat verwirrt.

„Naja, er ging ganz gleichmäßig, es tat ihm also nichts weh. Und ansonsten war der Tierarzt auch zufrieden mit ihm. Bis auf das Gewicht halt."

„Na, das klingt doch toll."

„Ja, nicht wahr? Du, ich bin ja so froh, dass ich die Anzeige am Samstag sofort gesehen habe und dass wir gleich da waren und dass ihn noch keiner vor uns kaufen wollte – er ist echt mein Traumpferd! Ich kann's noch gar nicht fassen, dass ich ihn dann jederzeit besuchen und betüddeln und reiten kann und – hach, Kat, das Leben ist großartig!"

Kat grinste angesichts dieses Begeisterungsausbruchs – solange das hier im Wohnzimmer und nicht in der Öffentlichkeit passierte, war es ja schon niedlich, wenn Mom sich so albern benahm – und versuchte gleichzeitig wieder einmal zu verstehen, was an diesem Pferd so phantastisch war, dass für Mom und Helli kaum noch ein anderes Thema daneben Platz hatte. Mal ehrlich: Die Viecher waren groß, rochen streng, es bestand die Gefahr, dass man von ihnen runterfiel und sich irgendetwas brach, man konnte nicht vor dem Fernseher mit ihnen kuscheln und sie wedelten nicht mit dem Schwanz zur Begrüßung. Warum also diese Begeisterung? Sie würde wohl nie dahinterkommen.

Im Hintergrund zirpte der Rocksong flüsterleise aus den Boxen. Der nächste Track war Kats Lieblingslied. Ob sie es hinbekam, dass sie bis dahin die Lautstärke wieder hochdrehen konnte? Sie versuchte eine Abkürzung. „Na, dann kann sich Otto ja auf was gefasst machen. Wenn er zu dick ist, wirst du ihn jetzt sicher persönlich auf Diät setzen, oder? Dann ist er bestimmt bald schlank wie ein Model. – Warst du eigentlich fertig mit Erzählen? Darf ich dann die Musik wieder aufdrehen?“

Sie sah sofort, dass die Abkürzung keine war, sondern eine ganz böse Sackgasse. Moms strahlendes Gesicht verdunkelte sich enttäuscht und das konnte Kat gar nicht ertragen.

Hastig stellte sie das Glas auf den Sofatisch und legte den Arm um Moms Schultern. „Tut mir leid, das war nicht nett von mir. Erzähl schon. Ich versuche ja, das alles spannend zu finden, es klappt bloß nicht so richtig.“

Das Lächeln kehrte zurück. Mom schob sich eine ihrer schulterlangen Strähnen hinters Ohr und betrachtete ihre Tochter einen Moment stumm. Dann küsste sie Kat auf die Stirn. „Du bist wirklich ein Schatz, Kathi, weißt du das? Ich mach's auch kurz, versprochen. Aber es muss einfach raus. Und dann geh ich in die Küche zum Telefonieren mit dem Stall und so, dann kannst du hier zu Ende hören, okay?“

„Klingt fair“, entschied Kat, schaltete die Musik auf Pause, nahm sich noch einen Keks und lauschte ergeben den Einzelheiten der tierärztlichen Untersuchung, damit sie die Informationen nachher ausführlich an Helli weitergeben konnte. Hoffentlich fing die nicht auch am Freitag im Teenkreis damit an, sonst würde die Woche auch noch mit Otto enden, denn unter den anderen Mädels waren garantiert auch ein paar Irre. Ob es dafür eine Krankheitsbezeichnung gab – Pferdophrenie vielleicht?

***

Als Kat am Samstagmorgen von der Sonne auf ihrem Gesicht aufwachte und sich noch einen Moment gemütlich im Bett räkelte, wusste sie gleich, was sie heute tun wollte: Bei dem fast schon vorsommerlichen Wetter, das plötzlich hereingebrochen war, würde sie sich mit ihrem frisch ausgeliehenen Krimi auf die Terrasse verziehen und nachmittags mit Helli eine Inliner- und Fahrradtour machen. Beschwingt sprang sie aus dem Bett, schlüpfte in Jeans und ein gestreiftes Männerhemd und nahm das Buch schon zum Frühstück mit nach unten.

Aber aus all dem wurde nichts.

„Ist das nicht toll?“, begrüßte ihre Mutter sie, sobald sie die Treppe herunterkam. „Anne hat den Hänger heute doch nicht nötig, das heißt, wir können Otto endlich holen – wurde ja auch Zeit nach einer Woche! Ich hab schon einen Picknickkorb vorbereitet, dann können wir heute Mittag am Stall essen. Mann, ich freu mich so!“

Ade, lieber Krimi, dachte Kat. Einen Augenblick lang war sie versucht, sich einfach zu weigern, aber dann mochte sie ihre Mutter doch nicht enttäuschen. Außerdem würde Helli ihr sicher nicht verzeihen, wenn Kat ihr nur deshalb nicht von Ottos Ankunft berichten konnte, weil sie stattdessen lieber mit Kommissaren und Mördern in der Hängematte gelegen hatte.

„Wer ist noch mal Anne?“, fragte sie, während sie sich rasch ein Brot mit Käse belegte und zusammenklappte. Es hatte angesichts von Moms Aufbruchsstimmung kaum Sinn, sich noch gemütlich an den Tisch zu setzen.

Ihre Mutter seufzte. „Anne ist meine Reitlehrerin, Kat, und ich kaue euch ständig das Ohr ab mit ihr! Dass du nicht sonderlich aufmerksam zuhörst, weiß ich ja, auch wenn ich dein Desinteresse immer noch nicht verstehen kann, aber der Name taucht bestimmt jede Woche hundertmal auf!“

Kat zuckte mit den Achseln und biss in ihr Brot. „Du erzählst schließlich nicht nur von ihr, sondern auch von den Leuten in deiner Reitgruppe, und dann die Typen, die ihre eigenen Pferde da haben – wie sagst du noch dazu? Einmieter?“

„Einsteller – weil sie ihre Pferde da einstellen. Obwohl sie bei uns zum Glück ja nicht bloß stehen. Otto wird es gut haben, er kriegt sogar die Paddockbox im hinteren Stall links, da geht's zum Wald hin raus, nicht zur Stadt."

„Und du glaubst, er weiß die bessere Aussicht zu schätzen?", wollte Kat wissen, aber ihre Mutter kam nicht mehr zum Antworten, weil in diesem Moment vor der Tür ein Hupen zu hören war. Augenblicklich stürzte Mom mit den Worten „Papa ist mit dem Hänger wieder da! Komm schon, Kathi!" in den Flur und schnappte sich das türkisfarbene Halfter von der Garderobe, für dessen Kauf sie direkt nach dem Besichtigungstermin den örtlichen Reitladen in Aufruhr versetzt hatte.

Kat schaute ihrer Mutter hinterher und schob sich dann das Käsebrot zwischen die Zähne, um beide Hände für den Picknickkorb freizuhaben. Wenn schon Pferd holen als Familienausflug, dann wollte sie wenigstens dafür sorgen, dass das Essen nicht in der Küche stehen blieb!

***

Eine halbe Stunde später fuhren sie langsam und sehr, sehr vorsichtig mit dem Pferdeanhänger den holprigen Feldweg entlang. „Na, hoffentlich fällt das Pferd nicht hinten raus, wenn wir hier wieder rauffahren", murmelte Kats Vater, während sie die Senke zum Sperrmüllstall hinunterrollten.

„Ach was, der Hänger hat doch eine Klappe!", sagte Mom, ohne die Ironie zu bemerken, und lehnte sich gleich darauf aus dem Fenster, um Lissy zuzuwinken, die sie bereits erwartete. Heute trug sie eine kanariengelbe Bluse und eine etwas zerrupft wirkende künstliche Blüte im Haar.

„Hallo! Na, so ein Luxus wird meinem Ottolein aber gefallen! Ich habe ihn damals ja hergeritten, ein Anhänger war mir zu teuer. – Und du bist sicher Silkes Mann. Man merkt ganz deutlich die Schwingungen zwischen euch."

Kats Vater war zum Glück wegen Lissys seltsamer Art vorgewarnt worden, also lächelte er freundlich und schüttelte ihr die Hand. Eigentlich mochte er es gar nicht, von wildfremden Leuten einfach geduzt zu werden. Von Schwingungen ganz zu schweigen.

Seine Frau war inzwischen längst hinter der Stallbaracke verschwunden.

„Wahre Pferdeliebe!“, kommentierte Lissy diese Tatsache und hielt Kat und ihrem Vater die durchhängende Stromlitze zum Durchkriechen hoch. Zur Abwechslung blieb Kat heute nicht hängen, dafür verlor sie beinahe den rechten Gummistiefel.

„Ich wusste es doch – türkis steht ihm ganz wunderbar!“, rief Mom ihnen entgegen. Tatsächlich, Otto trug bereits sein neues Halfter. Lissy hatte ihn offenbar zur Feier des Tages geputzt, er sah zwar immer noch rund und zottelig, aber wenigstens nicht mehr wie ein Schlammmonster aus und er kaute zufrieden die Leckerlis, die ihm seine neue Besitzerin gleich zugesteckt hatte. Auch zur Feier des Tages.

„Komm schon, Andreas, und begrüß ihn. Er ist wirklich ganz lieb.“

Kats Vater machte ein skeptisches Gesicht, stakste aber vorsichtig zu seiner Frau hinüber und tätschelte pflichtbewusst und mit lang ausgestrecktem Arm, um einen möglichst großen Abstand zu wahren, den Pferdehals. Auf einmal spürte Kat eine Hand im Rücken und zuckte zusammen. „Na los“, hörte sie Lissys Stimme so nahe an ihrem Ohr raunen, dass sie die feuchtwarme Atemluft fühlte, „Familienzusammenführung!“

Ergeben trottete Kat ebenfalls zu dem Pony hinüber. Am besten, man brachte es schnell hinter sich.

Aus der Nähe war Otto doch gar nicht so klein. Eigentlich war er sogar ziemlich groß. Er streckte Kat seine Nase so plötzlich entgegen, dass sie nicht rechtzeitig ausweichen konnte, und schnaufte dabei. Sein Atem war genauso feuchtwarm wie Lissys, und als Kat einen erschrockenen Schritt zur Seite machte, hatte sie auf einmal trotzdem seine Lippen mitten im Gesicht. Sie unterdrückte einen Schreckensschrei, denn wer wusste, was das Vieh dann machen würde!

„Na, lass das doch, Otto", sagte ihre Mutter und die Nase verschwand.

„Er mag dich, Süße", sagte Lissy hinter ihr. „Pass mal auf, bald reitest du ihn auch. Pferdeliebe ist unwiderstehlich."

Na, das wüsste ich aber, dachte Kat, sagte es aber nicht laut. Für den Moment fand sie jedenfalls, sie habe wirklich genug guten Willen gezeigt, und trat rasch wieder ein paar Schritte zurück, bevor ihr dieses Untier noch auf den Fuß trat oder die Nase abbiss.

Ihr Vater fand das offensichtlich auch. „Wollen wir dann mal?", fragte er und brachte mit ein paar Schritten zu seiner Tochter hinüber ebenfalls einen gewissen Sicherheitsabstand zwischen sich und das Pferd.

„Dann komm, mein kleiner Mann", sagte Mom zärtlich, „jetzt fahren wir in dein neues Zuhause." Damit ging sie einen Schritt nach vorn und zog leicht am nagelneuen Strick. Otto rührte keinen Huf. Mom zog noch einmal. Keine Reaktion. „Komm!", wiederholte sie, diesmal fordernder. Otto stand wie ein Denkmal, er reckte nur ein wenig den Kopf in die richtige Richtung, um dem Druck auf das Halfter zu entgehen. Mom zerrte heftiger. Otto stand.

„Ich helfe dir", sagte Lissy munter. „Manchmal ist er ja ein bisschen eigenwillig. Er hat eben Persönlichkeit."

Kat beschloss, sich den Ausdruck für künftige Gelegenheiten zu merken, wenn ihre Mutter ihr einen Dickkopf vorwarf. Lissy trat hinter das Pony und klatschte ihm einmal kräftig mit der Hand auf den dicken Hintern. Otto ging einen Schritt und blieb dann wieder stehen. Sein Hals wurde immer länger, während Mom vorne am Strick zog.

„Ich muss mich jetzt durchsetzen, sonst nimmt er mich nie ernst", erklärte sie zu ihrer Familie gewandt, dann trat sie neben Ottos Kopf und sagte in einem Ton, den man nicht einmal mit viel gutem Willen scharf nennen konnte: „Hör auf damit und komm jetzt!"

Otto öffnete das Maul und entblößte eine Reihe von bräunlich verfärbten Zähnen. Im ersten Moment dachte Kat wirklich, er würde ihre Mutter auslachen, aber dann wurde ihr klar, dass das Pferd gähnte. Was auch nicht gerade dafür sprach, dass sich Mom auf irgendeine Art durchgesetzt hätte. Aber dann entschied das Pony offenbar, dass es seinen Standpunkt deutlich genug klargemacht hätte, und marschierte los. Seine neue Besitzerin schleifte es mehr oder weniger am Strick neben sich her, wie es aussah – aber das war vermutlich nur eine Fehleinschätzung, vermutete Kat, denn ihre Mutter strahlte dabei und sah aus, als habe sie einen großen Sieg davongetragen.

Immerhin kamen sie so bis zum Auto.

„Hoffentlich steigt er in den Hänger." Mom machte ein skeptisches Gesicht. „Ich habe keine Ahnung, was ich machen soll, wenn nicht."

Das klang ja ermutigend. Kat und ihr Vater wechselten einen besorgten Blick, dann zuckte er mit den Achseln. „Wir werden es wohl einfach probieren müssen. Komm, Katharina, hilf mir mal, die Klappe runterzulassen."

Sie folgte ihm und begann, an ihrer Seite an den Verschlussriegeln herumzunesteln. Als sie endlich verstanden hatte, wie das Ding funktionierte, wäre ihr die schwere Klappe beinahe auf den Kopf geknallt. Ihr Vater konnte sie gerade noch rechtzeitig abfangen. Vorsichtig ließen sie die Klappe zu Boden gleiten.

Jetzt wurde es spannend. „Komm, Otto", sagte Mom und zupfte wieder am Strick – und diesmal folgte ihr das Pferd sofort. Zielstrebig stapfte Otto auf den Hänger zu, beschnupperte kurz die am Boden liegende Klappe und polterte dann in einem derartigen Tempo hinein, dass Kats Mutter nichts anderes übrig blieb, als schnell den Strick loszulassen. Mit offenem Mund starrte sie auf das runde Hinterteil ihres Pferdes, das es drinnen offenbar sehr gemütlich fand.

„Vielleicht solltest du die Stange da zumachen? Ich stelle mich nicht direkt hinter diese Hufe“, erklärte Kats Vater. Mom überwand die Überraschung und hakte kopfschüttelnd die Stange hinter Otto zu.

„Ach so“, sagte sie, als sie nach vorne ging, um das Pferd anzubinden, „Anne hat eine Ladung Heu in die Raufe gefüllt. Das muss es wohl gewesen sein!“

Sie fügte noch eine Handvoll Leckerli hinzu, dann wuchteten sie gemeinsam die Hängerklappe hoch.

„Na, das ging ja prima“, bemerkte Lissy von ihrem Beobachterposten am Stall aus. „Dann wünsche ich euch beiden viel Spaß miteinander! Aber ich sehe schon, dass das sowieso vorprogrammiert ist – ihr seid einfach kosmisch füreinander bestimmt!“

„Oh Mann“, murmelte Kat und sah, wie ihr Vater die Augen rollte. Mom dagegen lächelte die Frau glücklich an und sagte: „Ja. Wenn noch was sein sollte, haben wir ja die Nummern ausgetauscht, nicht wahr? Dann wollen wir mal – vielen Dank noch mal und auf Wiedersehen, Lissy!“

Sie winkte sogar noch aus dem Autofenster. Aber nur kurz, dann konzentrierte sich ihr ganzes Dasein auf die Sorge um das Pferd hinter ihnen. Und zwar den gesamten Weg bis zu Ottos neuem Stall – demselben, wo Mom schon seit einem Jahr ihre Reitstunden nahm. Kat war nur einmal dort gewesen, als ihre Mutter auf einer Fahrt zum Einkaufen kurz vorbeigefahren war, um eine Jacke, die sie vergessen hatte, abzuholen. Aber damals war sie nicht ausgestiegen, sondern hatte ungeduldig im Auto gewartet und sich die Zeit mit Handyspielen vertrieben.

Der Stall lag außerhalb der Stadt, eine schmale, aber geteerte Straße führte zwischen Feldern hindurch bis zu einem Parkplatz. Schotter knirschte unter den Reifen, als Kats Vater den Wagen mit dem Anhänger vorsichtig und etwas ungeschickt an eine freie Stelle manövrierte. Das Gespann stand am Ende ziemlich schief da, aber er zuckte nur mit den Achseln und murmelte: „Muss gehen. Bin halt kein Profi."

Mom sprang aus dem Wagen, kaum dass sie standen, und hastete zu ihrem Pferd nach hinten. Kat stieg langsam aus und sah sich erst mal um. Die Klappe konnte sie ja wohl getrost diesmal ihren Eltern überlassen.

Hinter dem Parkplatz erstreckten sich versetzt angeordnet drei einzelne Stallgebäude, ganz modern aus Holz, Stahl und Glas konstruiert und an beiden Seiten mit kleinen Ausläufen versehen. Rechts davon waren eine Reithalle und ein großer Reitplatz angelegt worden, links befanden sich ausgedehnte Wald- und Weideflächen. In dieser Hinsicht hatte sich Otto deutlich verbessert, befand Kat. Ob er das wohl genauso sah? Sie drehte sich zum Hänger zurück. Die Klappe lag längst auf dem Boden, Kats Vater stand an der Seite und beobachtete die Bemühungen seiner Frau, die im Inneren auf ihr Pony einredete, um es zum Aussteigen zu bewegen. Otto fand das Ausladen offenbar weniger gut als das Einladen. Aber schließlich brachte Mom ihn doch noch dazu, sich zum Aussteigen zu bequemen, und er polterte recht rasant rückwärts über die Klappe. Draußen blieb er mit hochgerecktem Kopf und gespitzten Ohren stehen und schien die Gegend sehr genau zu betrachten. Auf einmal wirkte er trotz seines Körperumfangs gar nicht mehr so plump.

„Ich gehe schon mal vor", sagte Mom und führte ihr Pferd stolz zu den Ställen hinüber. Kat half ihrem Vater mit der schweren Klappe und holte den Picknickkorb aus dem Auto. Dann folgten sie Mom und ihrem Pferd zum letzten Stall in der Reihe.

Drinnen sah es genauso hell, modern und luftig aus wie von außen. Pferdeköpfe aller möglichen Größen und Farben streckten sich ihnen von beiden Seiten neugierig über die Boxentüren entgegen. Kat hielt sich ebenso wie ihr Vater möglichst in der Mitte des Ganges. Ein Pferdekuss war mehr als genug für einen Tag, fand sie.

Mom und das Pony waren schon nicht mehr zu sehen. Aber zu hören. „Da, siehst du, Otto – das ist dein neues Heim. Gemütlich, was?“

„Und teuer“, hörte Kat ihren Vater neben sich murmeln.

Dann waren sie an der Box angekommen. Kat stellte den Picknickkorb vor sich ab und schaute neugierig hinein. Otto war dabei, interessiert die Nase in jede Ecke zu stecken. Die Heuraufe hatte er wohl sofort angesteuert, als er die Box betreten hatte, denn er kaute beim Erkunden und einige Halme hingen ihm dabei aus dem Maul.

„Schau, und hier kannst du rausgehen“, erklärte Mom und machte ihrem Pferd vor, wie man durch die Plastiklamellen hindurchschlüpfen konnte, die die Box nach draußen abschlossen. Davor befand sich ein mit Metallstangen eingezäunter kleiner Platz, auf dem das Pferd frische Luft schnappen konnte. „Paddock“ hatte Mom das genannt. Otto interessierte sich dafür im Moment eher weniger. Schließlich schnaufte und raschelte es aus der Nachbarbox so aufregend und dann schob sich auch noch ein weißer Kopf über die Trennwand! Ottos dicker Hals wurde richtig lang und seine Ohren zuckten hierhin und dorthin. Die Nasen der beiden Pferde berührten sich, dann zogen sich wie auf Kommando beide wieder zurück.

Der Schimmel passte jedenfalls deutlich besser in diese Nobelboxen als Otto, stellte Kat insgeheim fest.

Moms Kopf tauchte zwischen den Lamellen wieder auf. „Anne war eben auch schon kurz da und hat ihn bewundert. Sie kommt nachher noch mal, hat jetzt gerade eine Reitstunde. –

Habt ihr den Korb mitgebracht? Man kann sich hier direkt am Paddock prima auf die Wiese setzen."

„Cool", seufzte Kat zufrieden und hob den Picknickkorb auf. „Endlich mal eine vernünftige Beschäftigung. Ich habe nämlich Hunger."

Otto schien ihre Ansichten über vernünftige Tätigkeiten zu teilen: Sein Kopf steckte schon wieder tief in der Heuraufe, als Kat und ihr Vater den Stall auf dem normalen Weg durch die Tür wieder verließen.

***

Helli hatte von ihren Eltern erbettelt, an diesem Tag bei ihrer Freundin übernachten zu dürfen, und hockte schon wartend auf der Terrasse, als Kat und ihre Eltern vom Stall zurückkamen. Die begeisterte Mom-Version der glorreichen Ankunft des wundervollsten Pferdes des Universums bekam sie mit den entsprechenden Handyfotos zum Angucken sofort und während des Abendessens geliefert.

Später, in deren Zimmer, gab es dann die Kat-Version mit Matsch unter den Gummistiefeln und einem penetrant bettelnden Ponykopf, der sich ihnen über den Zaun hinweg so lange hinstreckte, bis Mom nachgab und ihm etwas zusteckte; mit der feuchten Wiese, auf der sie ohne Picknickdecke saßen, bis die Hosenböden durchweicht waren, und mit dem Pferdegeruch, der vermutlich ab jetzt gar nicht mehr aus Moms Klamotten verschwinden und nicht mehr nur montags und donnerstags, sondern ständig durchs Haus wabern würde.

„Und dann hat uns Mom am Schluss überredet, statt außen um den Stall herum einfach direkt durch Ottos Box zurück zum Auto zu gehen. Dabei ist dann Otto zielstrebig auf Papa losgegangen – ich glaube, er war nur neugierig, aber Papa hat sich total erschrocken und ist beim Ausweichen voll in einen dicken Haufen Pferdeäpfel gelatscht. Und er hatte ja keine Gummistiefel an."

Helli kicherte. „Langweilig wird's euch mit Otto bestimmt nie!"

„Naja, was soll er denn in Zukunft noch anstellen? Papa hält ab jetzt bestimmt immer einen Sicherheitsabstand ein, ich auch, und sonst? Schließlich ist es nur ein Pferd, und zwar keins aus diesen doofen Büchern oder aus dem Fernsehen, wo Tiere immer schlauer sind als die Menschen und am Ende alle retten oder den Leuten absichtlich Streiche spielen."

„Trotzdem hast du's gut." Das kam ganz leise aus Helli heraus, und als Kat von der Gummibärchentüte aufschaute, in der sie gerade gefischt hatte, sah das Gesicht ihrer Freundin ein wenig bewölkt aus.

Kat hielt ihr die erbeuteten roten Gummibärchen hin. „Hey, du bist jetzt aber nicht neidisch oder so, oder?"

„Ein bisschen schon", gestand Helli und nahm sich eins.

Kat seufzte gespielt übertrieben. „Du, wenn ich könnte, würde ich in dieser Hinsicht gerne mit dir tauschen. Pferde sind nun mal echt nicht mein Ding und das wird sich auch durch dieses fette Pony nicht ändern. Ich werde mich niemals auf dieses Tier setzen, da kannst du Gift drauf nehmen. Und von mir wirst du auch ganz sicher keine Schwärmereien hören, durch die du noch sehnsüchtiger wirst." Sie runzelte die Stirn und betrachtete ihre Freundin, die aus dem Fenster in den späten Abend hinausschaute, seufzte noch einmal und fügte hinzu: „Das hilft dir aber auch nicht viel, oder?"

Helli lächelte sie vorsichtig an. „Weiß nicht, ich glaube nicht. Aber es ist lieb von dir, dass du dir Gedanken machst."

„Ja, ich find mich auch toll", verkündete Kat grinsend.

„Du bist doof!"

„Weiß ich."

„Und überhaupt fehlt dir die richtige Demut. Gummibärchen hast du jedenfalls keine mehr verdient. Zumindest keine roten." Helli griff nach der Tüte, Kat versuchte sie festzuhalten und als Resultat flogen die Bärchen wie Konfetti im ganzen Zimmer umher. Das reichte. Gleichzeitig prusteten sie los und immer, wenn sich eine von ihnen gerade ein wenig beruhigt hatte, brauchte sie nur die andere anzusehen und schon ging es wieder von vorne los.

Schließlich öffnete sich die Tür und Mom steckte ihren leicht verwuschelten Kopf herein. „Also, ich freue mich ja, dass ihr euch freut, aber ich versuche gerade einzuschlafen, was sowieso nicht leicht ist nach dem aufregenden Tag – und ihr solltet eigentlich auch langsam mal Schluss machen, es ist schon nach elf."

„Komm nicht rein", sagte Kat ein wenig atemlos. „Achtung, freilaufende Gummibärchen!"

Helli kicherte in ihren Ärmel. Mom entdeckte die Bescherung und grinste. „Na, dann fangt sie beizeiten ein, bevor sie noch auf eine Straße laufen und unter die Räder kommen. Oder Hausschuhe. Muss man bei Pferden auch aufpassen. Ich hab vorhin zweimal nachgeguckt, ob ich die Boxentür auch wirklich zugemacht hatte."

Helli kriegte sofort wieder einen sehnsüchtigen Schimmer in die Augen und Kat hätte ihre Mutter wohl mit Gummibärchen beworfen, wenn die nicht so verstreut gewesen wären. Gerade war die Stimmung wieder gut gewesen!

Offenbar bemerkte auch Mom den Ausdruck in Hellis Gesicht. „Hör mal, Helli, was ich dich noch fragen wollte – magst du morgen zu Otto mitkommen? Du darfst doch nach dem Gottesdienst noch mal mit hierher, oder?"

Augenblicklich begann Helli zu strahlen wie ein Weihnachtsbaum im Einkaufszentrum. „Oh, ja!", stieß sie aus tiefster Seele hervor und Kat spürte, wie ihr auf einmal ein leiser Stich durchs

Herz ging. Da gab es etwas, das ihre beste Freundin so ausfüllte, und sie konnte nicht mit.

Mom strahlte fast genauso. „Prima, dann machen wir das. Ich freu mich ja, wenn sich jemand für meinen Schatz interessiert."

Helli boxte Kat vor lauter Freude in den Arm. „Wie cool! Kommst du auch mit?"

Kat biss sich auf der Unterlippe herum. Sollte sie? Aber wozu? Sie würde doch nur dumm dabeistehen, während Helli und Mom fachsimpeln und verzückt den albernen Gaul angucken würden. Also schüttelte sie betont cool den Kopf. „Ich glaube nicht. Ich hab dir doch schon gesagt, dass ich damit echt nichts anfangen kann."

„Schade."

„Meine Rede", sagte Mom. „Gute Nacht, ihr zwei!" Damit schloss sie die Tür hinter sich.

Helli kletterte von ihrer Matratze und machte Anstalten, die Gummibärchen wieder einzusammeln.

„Ach, lass die doch bis morgen liegen", sagte Kat. Manchmal regte dieser Ordnungswahn sie richtig auf. Aber den bekam Helli natürlich von ihren Eltern eingetrichtert.

„Lass mich doch. Ob man es heute oder morgen macht, aufgesammelt müssen sie ja doch werden. Geh du doch in der Zeit schon mal ins Bad."

Kat zuckte mit den Achseln und gehorchte. Wenn Helli denn unbedingt wollte ... Während sie sich die Zähne schrubbte, wiederholte sie den Gedanken ein bisschen trotzig. Wenn Helli denn unbedingt wollte, sollte sie sich ruhig das dicke Pony angucken. Vielleicht war sie danach ja davon geheilt. Schließlich war Otto alles andere als einer der edlen Araberhengste mit wehenden Mähnen und großen, seelenvollen Augen, die man auf Postern in den einschlägigen Pferdezeitschriften finden konnte.

3. Kapitel

... in welchem Kat sich langweilt, einen Cowboy kennenlernt und plötzlich reiten lernen muss.

Helli ging am nächsten Tag wirklich mit zum Stall und sie war danach keineswegs geheilt. Stattdessen erklärte sie Kat, Otto sei „echt süß“ und am liebsten wolle sie jeden Tag zu ihm fahren, um ausmisten zu helfen und was man da sonst so tat, Kat wusste es gar nicht so genau. Daraus wurde aber nichts, denn Hellis Eltern erlaubten ihr nur vereinzelte Besuche, nichts Regelmäßiges, und Helli hielt sich lieber genauestens daran, um nicht auch diese Erlaubnis zu gefährden.

Kat war seit dem Picknick zu Ottos Einzug nicht mehr am Stall gewesen und das war nun schon mehrere Wochen her. Für Helli war es in Ordnung, dass sie sich nicht dafür interessierte, und sie konnte sich wirklich Schöneres vorstellen, als sich sinnlos im Pferdestall herumzudrücken. Zumal Mom weiterhin so gut wie ausschließlich von Otto sprach, da brauchte sie das Pony gar nicht unbedingt selbst zu sehen.

Leider war allerdings auch sonst nicht viel los – nicht in der Stadt, nicht in der Schule und nicht in der Gemeinde. Vor allem an diesem Samstag war völlig tote Hose. Helli war schon seit gestern auf einer Familienfeier und von ihren anderen Freundinnen war keine zu erreichen, also würde Kat für den gesamten Rest des Tages allein hier herumhocken. Zum Lesen hatte sie auch keine Lust – was für ein verlorenes Wochenende! Vor lauter Verzweiflung hatte sie schon die alte Gitarre ihres Vaters vom Dachboden geholt und angefangen, sich selber ein paar Griffe beizubringen. Aber das brachte außer schmerzenden Fingerkuppen nur wenig beeindruckende Erfolge, sondern klang einfach nur scheußlich. Entnervt warf sie die Gitarre auf ihr Bett, ließ sich in den Sessel fallen und starrte trübsinnig aus dem Fenster in den grauen Himmel.

„Ich bin dann mal zum Pferd!", rief ihre Mutter in diesem Moment von unten ins Treppenhaus hinauf.

„Na toll, lass mich auch noch alleine", brummte Kat und tat sich selber leid.

„Kaaathiiii? Hast du mich gehört? Ich fahr zum Stall!"

Kat rutschte noch tiefer in den Sessel und stützte das Kinn in die Hände. Ihre Mutter hatte Spaß mit ihrem Pferd, ihr Vater war schon den halben Tag im Keller und bastelte irgendwas, nur sie wusste nichts mit sich anzufangen.

Jetzt hörte sie Getrampel auf der Treppe und gleich darauf riss Mom die Tür auf. „Was ist los? Hörst du schlecht, stimmt was nicht oder hast du bloß keine Lust zu antworten?"

Kat brummte nur.

„Also Letzteres. Na, jedenfalls weißt du jetzt Bescheid. Bin in zwei Stunden oder sowas wieder da."

„Warte", sagte Kat und überraschte sich selbst mit der Idee. „Kann ich mitkommen?" Immerhin wäre das besser, als schlecht gelaunt hier herumzusitzen.

Ein Strahlen ging über Moms Gesicht. „Was für eine Frage! Klar!"

Kat sprang auf, tauschte den Nadelstreifenmini und die grünen Strumpfhosen gegen eine alte Jeans, die sowieso in die Wäsche musste, und schlüpfte in ihre Gummistiefel. „Wir können!", verkündete sie dann. Seltsamerweise besserte sich ihre

Laune schon auf dem Weg zum Auto, einfach deshalb, weil sie etwas vorhatte. Auch wenn es nur ein Besuch bei Moms fettem Pferd war.

Das fette Pferd war immer noch fett, immer noch irgendwie beunruhigend groß und immer noch erstaunlich hartnäckig bestrebt, seine Nase in Kats Gesicht zu stecken.

„Ich glaube fast, Lissy hatte recht: Er mag dich“, bemerkte ihre Mutter und unterbrach die schweißtreibende Arbeit mit der Mistgabel für einen Moment, um Kats fruchtlose Versuche zu beobachten, die neugierige Pferdenase wegzuschieben.

„Na danke.“ Angewidert betrachtete Kat den Sabber-Fleck auf ihrem T-Shirt und trat lieber den Rückzug in die Stallgasse an. „Ich geh mich mal ein bisschen umgucken, ja?“, sagte sie, nachdem sie die Boxentür zugeschoben hatte.

„Okay“, sagte ihre Mutter, und gleich darauf: „Lass das, Otto!“

Kat grinste und trottete aus dem Stall.

***

Die Sonne hatte sich immer noch nicht hinter den Wolken hervorgetraut, aber das machte nichts. Kat hatte auf einmal richtig gute Laune – Pferdesabber hin oder her. Irgendwie war es ja schon nett zu wissen, dass das Tier sie mochte. Vermutlich zumindest. So ganz traute sie weder Moms noch Lissys Fähigkeiten, Ottos Gedanken zu lesen.

Langsam schlenderte sie vom Stall weg in Richtung Reithalle. Als sie das Gebäude erreichte, öffnete sich das Tor und eine kräftig gebaute Frau kam mit einem braunen Pferd heraus, das so riesig war, dass Kat auf einmal Otto wieder ganz klein und sehr sympathisch fand. Sie grüßte die Frau höflich und beeilte sich, von dem Monstrum wegzukommen.

Hinter der Halle befand sich der Reitplatz. Ein einzelner Reiter drehte darauf seine Runden. Gerade als Kat beschloss, dass diese Seite vielleicht doch nicht so interessant war und sie lieber ein wenig in den Wald gehen könnte, beschleunigte das Pferd auf dem Platz zu einem atemberaubenden Tempo und Kat blieb stehen. Das sah ja aus wie mindestens achtzig Sachen! Das Pferd raste längs über den ganzen Platz – und dann stoppte es so abrupt, dass der Sand aufwirbelte und es sich offenbar dabei beinahe auf den Hintern setzte. Kat blieb fast das Herz stehen. Jetzt drehte sich das Pferd auf der Stelle um und galoppierte auf demselben Weg zurück. War das Absicht? Ging das Tier gerade durch? Oder wurde es von seinem Reiter gequält? Das konnte ja wohl nicht normal sein! Wieder schlidderte das Pferd fast auf dem Po über den Sand, während die Vorderbeine noch ein paar Schritte weiterliefen, und kam so zum Stehen.

Kat löste sich aus ihrer Erstarrung und ging näher an den weißgestrichenen Zaun heran, der den Reitplatz umgab. Diesmal blieb das Pferd stehen und sein Reiter klopfte ihm lobend den Hals. Offenbar war das also wirklich Absicht. Irrsinn.

Kat schaute sich das Paar genauer an. Das Pferd war schwarzweiß gescheckt, ganz unregelmäßige Flecken verteilten sich über seinen ganzen Körper, sogar seine Mähne war zweifarbig. Und der Reiter auf seinem Rücken trug keinen Helm über den schulterlangen, dunkelblonden Haaren und sah sehr jung aus. Jetzt setzte er sich wieder gerade hin – und das Pferd begann, sich auf der Stelle zu drehen. In einem rasanten Tempo wirbelte es mehrmals um sich selbst, die Hinterhufe blieben dabei ziemlich genau an derselben Stelle. Kat wurde schon beim Zusehen schwindlig. Dann hörte das Gedrehe auf und wieder standen die beiden einen Augenblick ganz still, bevor sie in einer gemütlichen, ganz langsam schaukelnden Gangart – welche auch immer das war – auf einem Kreis um den halben Platz herum auf die Stelle zukamen, an der Kat stand.

Der junge Reiter trug keine Reithose, sondern eine ausgewaschene Jeans und ein rotes T-Shirt – und als er Kat erreicht hatte, brachte er seinen Schecken zum Stehen und lächelte sie an. „Hey“, sagte er. „Dich hab ich ja noch nie hier gesehen!“

Kat versuchte, irgendetwas Intelligentes von sich zu geben, aber ihr Kopf war völlig leer. Der Junge war höchstens fünfzehn oder sechzehn und er sah mit seinen blauen Augen und diesem umwerfenden Lächeln einfach überwältigend gut aus.

„Ich bin Rick, und du?“

„Kat.“ Verflixt, ihre Stimme war ganz kratzig. Sie räusperte sich, aber ihr fiel immer noch absolut nichts ein, was sie weiter sagen könnte.

„War das schon der Name oder hast du gehustet?“

Kat musste lachen. „Noch mal ohne Räuspern: Ich heiße Kat.“ Langsam bekam sie wieder Boden unter den Füßen. „Eigentlich Katharina, aber ich mag lieber Kat genannt werden.“

Er grinste. „Ah, eine Schwester im Geiste! Ich heiße nämlich eigentlich Patrick.“

Das Pferd schnaubte und schüttelte den Kopf. „Na na, sei doch nicht so ungeduldig, Blue, freu dich doch einfach über die Pause!“ Rick streichelte sanft über das schwarzweiße Fell am Hals. Das Pferd hatte irgendwie einen komischen Blick, stellte Kat fest. Hoffentlich hatte sie nicht gleich schon wieder eine Nase im Gesicht.

„Blue? Warum heißt er so? Oder ist es eine sie?“ Noch während sie sprach, merkte sie, dass zumindest die erste Frage ziemlich blöd war. Im gleichen Moment wurde ihr nämlich klar, warum das Pferd so komisch guckte: Es hatte ein blaues Auge. An dieser Stelle am Kopf war sein Fell ganz schwarz, sodass die Iris strahlend hell daraus hervorleuchtete, und das war ja wohl nicht die Regel.

„Er ist ein Hengst und er heißt eigentlich *Zip's Go On Blue*. Aber er mag, glaube ich, auch lieber die kurze Form.“ Wieder war das unverschämt nette Grinsen in seinem Gesicht zu sehen. Kat schaute lieber auf das blaue Pferdeauge zurück.

„Er ist toll“, sagte sie schnell – und stellte erstaunt fest, dass das sogar tatsächlich stimmte. Blue hatte einen kleineren Kopf als Otto, eine feinere Mähne, diese ungewöhnlichen Flecken und sein Fell sah ganz glatt und weich aus. Außerdem trug er ein sehr schickes Zaumzeug – wie sagte Mom immer? Trense? – aus braunem Leder mit silbernen Schmuckelementen dran, das total nach Indianerromantik aussah. Sein Bauch war nicht so dick und seine Beine viel länger als Ottos und Kat fand ihn wirklich toll.

„Ja, das ist er. Ich habe ihn erst ein halbes Jahr, aber ich würde ihn auf keinen Fall wieder hergeben wollen. Und er ist super in der Reining.“

„Aha“, sagte Kat, versuchte wissend auszusehen und fragte sich, ob Mom ihr wohl sagen konnte, was um alles in der Welt eine Reining war.

„Und, reitest du hier?“

„Eigentlich ... noch nicht“, hörte Kat sich sagen. Was machte ihr Mund da bitte ohne sie?

„Aber du fängst bald an?“

Kat nickte heftig, bevor sie etwas dagegen tun konnte. „Ich kann überhaupt noch nicht reiten, aber ich werd’s ab jetzt lernen!“

„Super, dann sehen wir uns ja vielleicht öfter mal!“

„Bestimmt.“

Blue scharrte mit einem Vorderhuf und Rick ordnete die langen Zügel, deren Enden an beiden Seiten des Halses herunterhingen. „Er wird ungeduldig, ich muss weitermachen. Bis dann also!“

Kat schaute ihm einen Moment lang nach – bis ihr bewusst wurde, dass sie gerade behauptet hatte, sie würde hier reiten lernen. Sie. Reiten.

„Mann, Kat", murmelte sie, „Bist du jetzt völlig übergeschnappt?"

Aber eigentlich war der Gedanke auf einmal gar nicht mehr so furchtbar. Warum sollte sie nicht reiten lernen? Angst hatte sie schließlich keine mehr vor Pferden, und wenn es bedeutete, dass sie Rick öfter sehen würde, wäre es das doch wohl wert. Und die Vorstellung, in ein paar Wochen oder so neben ihm durch den Wald zu galoppieren, hatte ganz bestimmt ihren Reiz. So schwer konnte das ja nicht sein, wenn man nicht so irre Sachen machen wollte wie Rick mit seinem Drehwurm und Über-den-Boden-Schliddern ...

Am besten leierte sie das Ganze sofort an. Ehe sie es sich doch noch anders überlegte. Entschlossen drehte Kat sich um und lief zum Stall zurück.

***

Mom war nicht mehr in Ottos Box. Otto aber auch nicht. Kat fand beide an dem freien Platz mit den Anbindebalken, der sich hinter dem Stallgebäude befand. Ihre Mutter war gerade dabei, Ottos Schweif mit Shampoo und Wasser zu behandeln. Sie selbst und der gepflasterte Platz sahen deutlich nasser aus als der Schweif.

„Hey, Mom!", rief Kat leise.

Mom zuckte so heftig zusammen, dass das Wasser aus dem Eimer, den sie gerade in der Hand hielt, auf ihre Füße schwappte. „Du liebe Güte, Kat, hast du mich jetzt erschreckt! – Iih." Betrübt schaute sie auf ihre durchnässte Hose hinunter. „Na, jetzt bin ich wenigstens ordentlich durchfeuchtet. Bloß Ottos Schweif ist immer noch voller Mist. Jedes Mal, wenn ich ihn zu packen versuche, wedelt er ihn mir durchs Gesicht. Aber ich schaffe das noch. Jetzt bin ich ja eh schon nass, da hab ich nichts mehr zu verlieren."

Kat stellte sich in sicherer Entfernung auf, beobachtete Ottos wedelnden Schweif und überlegte, wie sie ihr Anliegen vorbringen sollte. Angesichts der Tatsache, dass sie die ganze Pferdesache immer eher belächelt und nie Interesse daran gezeigt hatte, war ihr plötzlicher Wunsch, doch reiten zu lernen, schon irgendwie peinlich.

„Und, was hast du gerade gemacht? – Igitt, auch noch Shampoo! Vielleicht sollte ich mir gleich hier noch die Haare waschen, dann hätte sich das Ganze wenigstens gelohnt."

Kat ignorierte Moms Kampf mit Ottos Schweif für den Moment. „Och, ein bisschen rumgeguckt ... und, äh ..." Sie holte tief Luft und beschloss, es einfach direkt anzugehen. „Mom? Irgendwie würde ich doch gerne reiten lernen. Ginge das?"

Mom ließ abrupt den Schweif los, obwohl der für einen kurzen Moment tatsächlich gerade ruhig herabhing. „Hast du gerade gesagt, was ich gehört habe?"

„Ähm – ja, schon", stotterte Kat. Sie hatte ja gewusst, dass es peinlich werden würde!

Strahlend verließ Mom den Platz hinter Ottos Po. „Dann war deine Frage ein bisschen dumm. Oh, Kathi! Das wäre ja sooo toll! Anne wuselt hier noch irgendwo rum, die können wir gleich mal fragen und ich freu mich ja so!"

Kat streckte Mom abwehrend die Hände entgegen. „Komm bloß nicht auf die Idee, mich zu umarmen, du bist echt zu nass und eingeseift!"

„Oh, ja, stimmt, hatte ich glatt vergessen. – Warte mal, ich sehe gerade ... Aaaanneee!" Das Letzte brüllte sie so plötzlich und in einer derartigen Lautstärke heraus, dass Otto aus seinen Träumen erwachte und erschrocken den Kopf hochriss.

„Oh je, entschuldige, mein Schatz!" Otto bekam zum Trost eine Handvoll Leckerlis und beruhigte sich augenblicklich.

Kat presste einen Finger auf das klingelnde linke Ohr und bemerkte: „Das nächste Mal will ich auch ein Leckerli. Schokolade oder Gummibärchen oder so. Aber ‚mein Schatz' brauchst du mich nicht unbedingt dabei zu nennen."

Mom grinste. „Ich werde mich bemühen."

„Hey!", sagte in diesem Moment eine Stimme hinter Kat. „Na, Silke, du siehst ja schon ganz gut gesäubert aus. Wolltest du nicht eigentlich Otto waschen?"

An einem der Anbindebalken, die gleichzeitig als Einfriedung des Platzes dienten, lehnte grinsend eine schlanke Frau in einem karierten Hemd. Die Daumen hatte sie lässig in die Gürtelschlaufen ihrer Jeans gehakt, zwischen denen eine große Gürtelschnalle hervorblitzte. Unter dem weißen Cowboyhut schaute ein langer, dunkler Pferdeschwanz heraus.

„Tja – bloß Otto wollte das nicht so", erklärte Mom und zuckte mit den Achseln. „Irgendwann kriege ich den auch noch gesäubert. – Das ist übrigens Kat, meine Tochter, und stell dir vor, sie hat gerade den spontanen Entschluss gefasst, doch reiten lernen zu wollen. Hast du noch Platz? Möglichst bald, bevor sie sich das wieder anders überlegt?"

Anne lachte. „Lass dich bloß nicht von deiner Mutter zwangsweise glücklich machen, Kat! Aber wenn du wirklich reiten magst, kriegen wir das schon hin. Du kannst es fürs Erste einfach einmal ausprobieren. Wenn du Spaß hast, machen wir weitere Termine aus, wenn nicht, na, dann halt nicht."

„Klingt super", sagte Kat, irgendwie doch ein wenig erleichtert, dass sie sich nicht gleich für zehn Stunden verpflichten musste.

„Okay, dann lass mich mal überlegen ... Am Montag um vier hätte ich Zeit. Kannst du da?"

Kat nickte. „Wann soll ich wohin kommen?"

„Kommt drauf an, ob deine Mutter vorher noch reiten will oder nicht. Wenn nicht, müsstest du eine halbe Stunde früher kommen zum Putzen, Satteln und so weiter."

„Na, ich komme natürlich mit und helfe dir!", verkündete

Mom. „Ich gehe auch während der Reitstunde weg, versprochen. Reiten wollte ich am Montagmittag eigentlich nicht. Höchstens hinterher noch eine Reitstunde bei dir, wenn du schon mal da bist, Anne? Aber soll ich ihn vorher ein bisschen longieren, damit er sich schon etwas ausgetobt hat?“

Anne nickte zum dösenden Otto hinüber, der sein Kinn auf der Anbindestange abgelegt hatte. „Ich will ja deine Illusionen nicht zerstören, Silke, aber ein feuriges, nervöses Pferd, das sich erst austoben muss, wird dein Otto ganz sicher nie werden. Nicht mal, wenn er besser durchtrainiert ist. Den brauchst du nicht vorher zu longieren – dann macht er wahrscheinlich bei der Reitstunde überhaupt nicht mehr mit, weil er schon die Nase voll hat.“

Kat hatte dem Wortwechsel mit wachsender Beunruhigung zugehört. „Heißt das, ich werde Otto reiten?“, warf sie jetzt ihre Frage ein. Vielleicht konnte man das noch irgendwie abwenden? Wenn Rick sie mit diesem fetten Pony sah, würde er sie doch gar nicht mehr ernst nehmen!

„Wolltest du denn ein anderes Pferd?“ Moms Stimme klang fast ein bisschen empört.

„Naja ...“, stotterte Kat, dann fiel ihr das rettende Argument ein: „Du sagst doch immer, er kann nicht so viel und muss noch ausgebildet werden – kann ich denn dann was lernen, wenn er selber noch nicht weiß, was er machen muss?“

„Für später hast du recht“, sagte Anne. „Aber jetzt am Anfang ist das nicht so wichtig. Du musst sowieso erst mal die Grundlagen lernen, wie man richtig auf dem Pferderücken sitzt und so weiter. Dabei muss Otto noch nicht allzu viel machen, außer im Kreis laufen, und das kann auch er schon.“

„Außerdem ist der Unterricht mit eigenem Pferd um einiges billiger“, warf Mom unverblümt ein.

„Na dann ...“, sagte Kat lahm und dachte die ganze Zeit nur: Mist.

„Bis Montag also!“ Anne stieß sich vom Zaun ab. „Bye!“

„Tschüss!“ Kat schaute ihr nach. Ihre zukünftige Reitlehrerin war auf jeden Fall ziemlich cool, das war definitiv ein Trost.

Ätzend, dass sie Helli all das erst morgen im Gottesdienst erzählen konnte. Blöde Familienfeier. Andererseits – ein wenig mulmig war Kat schon bei dem Gedanken, ihrer besten Freundin, die sich schon immer vergeblich Reitstunden gewünscht hatte, zu sagen, dass sie selbst nun reiten lernen würde, obwohl sie das doch eigentlich nie gewollt hatte ...

4. Kapitel

... in welchem Kat vormittags Choräle singt und nachmittags Pferdeäpfel schaufelt.

„Kaaathiii? Kommst du oder willst du heute nicht mit in den Gottesdienst?“

„Doch, ich komm ja schon!“, rief Kat und klappte langsam ihren Laptop zu. Eigentlich hatte sie keine Lust, zumal sie gerade diesen witzigen Webcomic entdeckt hatte und sich durch das Archiv las. Aber heute war nun mal Sonntag und der Gottesdienst gehörte eben dazu. Sonst war es einfach kein richtiger Sonntag.

Auf dem Weg in die Kirche schoss ihr trotzdem plötzlich die Frage durch den Kopf, wie das wohl wäre, wenn ihre Eltern keine Christen wären. Würde sie selbst dann in die Kirche gehen? Wahrscheinlich nicht. Dann würde der Gottesdienst eben nicht zum Sonntag gehören und sie würde in ihrem Zimmer hocken und weiter Webcomics lesen oder mit ihren Freundinnen Nachrichten hin und her schicken. Anderen Freundinnen wahrscheinlich, denn dann hätte sie ja gar nicht so viel mit Helli zu tun, schließlich wäre sie dann freitagabends nicht im Teenkreis, sondern auf Partys oder im Kino. Eine komische Vorstellung, kein Christ zu sein. Vielleicht, überlegte Kat, wäre das Leben irgendwie ein bisschen freier, aber dafür würde etwas fehlen, das man dann gar nicht kannte und das jetzt einen nicht unbedeuteden Teil in ihrem Leben ausmachte.

Zum Beispiel die wuselnde Menschentraube im Eingangsbereich des modernen Kirchengebäudes, die teils freudigen, teils bloß höflichen Begrüßungen zwischen ganz unterschiedlichen Leuten. Oder die langsam eintretende Stille, wenn der Gottesdienst anfing. Oder die alten Kirchenlieder und das Orgelgetöse, das sie begleitete. Wobei man darauf eigentlich ganz gut verzichten konnte, jedenfalls war das Kats Meinung. Aber zum Glück wurden bei ihnen auch einige neue Lieder gesungen, mit Gitarre und Keyboard begleitet und zwei Sängern am Mikrofon.

Einer Predigt zuhören würde sie auch nicht, wenn sie kein Christ wäre. Ob sie da so viel verpassen würde – vor allem, wenn es so lang dauerte wie heute mal wieder? Die Worte flogen wie eingesperrte Schmetterlinge im Raum herum; doch bei Kat kam nicht so wirklich viel an. Schon merkwürdig – allzu viel blieb vom Gottesdienst eigentlich nicht übrig, was ihr gut gefiel, wenn man ihn so auseinandernahm. Trotzdem war sie so gut wie jeden Sonntag hier. Weil es einfach zu ihrem Leben dazugehörte. Aber warum gehörte es dazu? Interessante Frage …

Trotzdem beschäftigte Kat dieses Problem nicht allzu lange, dann fielen ihr nämlich wieder Rick und die morgen drohende Reitstunde ein, und für den Rest der Predigt und des gesamten Gottesdienstes drehten sich ihre Gedanken nur noch um diese Dinge – und ganz besonders darum, wie um alles in der Welt sie die ganze Geschichte gleich Helli beibringen sollte.

Als der Organist den letzten schmetternden Akkord durch den achteckigen Gottesdienstsaal schallen ließ, begann Kats Herz unwillkürlich ein bisschen schneller zu klopfen. Mit sofort einsetzendem Geschwatze und viel Stühlerücken stand die Gemeinde auf und strebte dem Foyer zu, wo wie immer Kaffee und Kekse bereitstanden.

Kat traf mit Helli in der Tür zusammen. „Hey du“, sagte sie und stellte erst mal sicher, dass Hellis Eltern nicht in der Nähe waren, bevor sie weitersprach. „Und, war die Familienfeier gestern furchtbar?“

Helli zuckte mit den Achseln. „Es ging. Alle waren wie immer sehr wohlerzogen und meine Cousinen sind immer noch affig. Aber das Essen war super. Und was hast du so gemacht?“

„Ich, äh ...“, setzte Kat an und suchte trotz allen Grübelns während der Predigt immer noch nach der besten Art und Weise, um Helli das mit dem Reiten zu erklären. Aber sie kam gar nicht mehr dazu.

„Na, Helli, ist das nicht ein Ding, dass Kat jetzt reiten lernt?“, sagte nämlich in diesem Moment jemand hinter ihnen.

Peng. Na super. „Danke, Mom“, murmelte Kat resigniert.

„Wie jetzt, reiten lernen?“, fragte Rebecca, ein Mädchen aus dem Teenkreis, die gerade neben ihnen stand, neugierig. Kat konnte geradezu sehen, wie etliche Ohren im Umkreis immer länger wurden.

„Ja“, plauderte Mom fröhlich drauflos, ohne Kats finstere Blicke zu bemerken, „gestern hat sie sich dazu entschlossen. Ich meine, ist ja auch nur vernünftig, wo wir doch nun ein Pferd haben. Otto tut das sicher auch gut, wenn er mehr geritten wird. Er ist ja ein totaler Schatz und er hat auch wunderschöne Gänge, ganz weich, wie auf dem Sofa, wenn man trabt – aber ein bisschen faul ist er schon. Und weil die Weiden noch nicht geöffnet sind, kriegt er auch sonst kaum Bewegung. Von daher ist es toll und ich freu mich natürlich sowieso. Irgendwann können wir dann zusammen ausreiten, das wird erst was! – Aber jetzt brauch ich erst mal einen Kaffee. Oh, Frau Linden ist auch wieder auf dem Damm, die Kekse schmecken ihr schon wieder. – Bis gleich, Kat, und denk dran, wir fahren heute pünktlich, weil dein Vater nachher noch Volleyball spielen geht! Und du kommst dann mit mir zum Stall, ein bisschen Rumtüddeln und so, und ich zeig dir schon mal alles, ja?"

Damit entschwand sie und Kat blieb in einem Kreis von fünf grinsenden Teenkreislern zurück.

„Ach nee. Kat entdeckt das Glück der Erde auf dem Rücken der Pferde ..."

Sophie nahm Rebeccas Ball sofort auf. „Ziemlich plötzlicher Sinneswandel, oder? Wo der wohl herkommt?"

„Hast du nicht immer gesagt, deine Mutter ist pferdeverrückt genug für die ganze Familie?", wollte Martin mit unschuldigem Gesicht wissen.

„Naja", verteidigte sich Kat, „man muss ja nicht gleich der totale Pferdefan sein, um reiten zu lernen, oder? Ich hab halt einfach Bock auf eine neue Sportart." Es klang etwas lahm, aber sie mochte nun wirklich nicht vor dem halben Teenkreis von Rick erzählen!

Rebecca hob die Augenbrauen. „Klar. Man kann ja auch nicht immer nur Inliner fahren, joggen und in der Hockey-AG mitspielen. Da braucht man natürlich eine neue sportliche Herausforderung."

„Und weil Pferde ja so doof sind, steigt man halt drauf, dann braucht man wenigstens das hintere Ende nicht mehr zu sehen." Martin grinste breit und die Mädchen kicherten.

Kat stopfte die Hände in die Hosentaschen und ballte sie insgeheim zu Fäusten. Einen kurzen Augenblick lang war sie hin- und hergerissen zwischen der Möglichkeit, die ganze Schnapsidee mit dem Reiten wegen vermeintlich verletzter Eitelkeit doch noch abzublasen, und dem Jetzt-erst-recht-Gefühl, das sie automatisch überkam. Das Gefühl gewann. „Tss, spottet ihr ruhig, wenn es euch Spaß macht, ich stehe da drüber. Ich habe die Gelegenheit zu reiten, also probiere ich es halt mal aus, warum nicht? Meine Mutter freut sich, das Pferd bewegt sich und nimmt ab und ich kann was Neues austesten – also reite ich eben. Fertig. Ich hab ja nur gesagt, dass ich das Getue so blöd finde, das immer um Pferde gemacht wird, nicht das Reiten an sich!"

„Na dann ... Wann ist das erste Turnier? Ich komme zum Zugucken." Martins alberne Bemerkung löste natürlich weiteres Gekicher aus, doch dann brachte Steffi glücklicherweise das Gespräch auf einen Film, in dem ein Schachturnier eine Rolle spielte, und Kat konnte endlich Helli beiseite ziehen.

„Ich wollte dir das eigentlich in aller Ruhe erzählen. Mom hat aber auch ein Talent, im unpassendsten Moment ..." Ein wenig hilflos brach sie ab.

„Und wie kommt es nun, dass du plötzlich Lust zum Reiten gekriegt hast?" Helli schaute von ihrem blonden Zopf auf, den sie gerade hingebungsvoll neu geflochten hatte. Sie lächelte nicht.

Kat schluckte. „Ich weiß, das ist irgendwie blöd, wo du doch eigentlich wirklich reiten möchtest, aber nicht darfst ... Es hat sich gestern einfach so ergeben. Da war so ein Junge, der heißt Rick und er reitet da und das sah absolut genial aus. Wir haben uns ein bisschen unterhalten und er wollte wissen, ob ich auch reite, und da hab ich auf einmal Ja gesagt. Ich weiß ja auch nicht, was da über mich gekommen ist, ehrlich! Und dann hatte ich es gesagt, also mache ich es jetzt auch."

„Ein Junge ...!" Helli musterte Kat mit kritischem Blick. „Sah sein Reiten toll aus oder er?"

Kat grinste. „Beides."

„Oh, Kat!"

„Was denn? Ich hab halt auch Hormone! – Du, bitte sei nicht sauer wegen der Reiterei, ja? Wahrscheinlich halte ich das sowieso nicht lange durch."

„Bin ja nicht sauer. Bloß – ach, ich weiß auch nicht. Vergiss es einfach." Helli warf ihren Zopf schwungvoll auf den Rücken zurück. „Wann hast du denn deine erste Reitstunde?"

„Morgen um vier. Kommst du mit?"

„Geht nicht, montags hab ich doch Klavier!"

„Ach stimmt." Kat biss sich auf die Unterlippe. „Mist. Aber das nächste Mal vielleicht? Ich brauch doch deine moralische Unterstützung!"

„Klar." Jetzt lächelte Helli wieder, Kat sah es mit Erleichterung. „Und morgen Abend will ich dann einen genauen Bericht hören!"

„Sowieso. Hoffentlich falle ich nicht gleich runter. Wäre aber unwahrscheinlich, schließlich reite ich Otto. Bei dem ist die Gefahr vermutlich größer, dass er mitten in der Reitstunde einschläft und mit mir oben drauf umkippt."

Helli kicherte noch, als Kats Vater kam und zum Aufbruch drängte, und Kat war sehr froh darüber.

***

„So, dann wollen wir mal mit dem Saubermachen anfangen. Sei schön brav, mein Kleiner, dauert nicht lange." Mom klopfte Otto den Hals und zog noch einmal an dem Knoten, mit dem sie ihn in der Stallgasse angebunden hatte. Kat schaute zu und fragte sich, wieso die Idee mit dem Reiten ihr immer nur dann machbar und völlig vernünftig vorkam, wenn sie nicht gerade direkt neben einem Pferd stand. Dabei musste sie heute ja noch gar nicht aufsteigen.

„Hier, nimm die."

Kat schaute irritiert auf den Stiel der Mistgabel, die ihre Mutter ihr hinhielt. „Wie jetzt?"

„Ja, wolltest du hier auf der Stallgasse rumstehen und die ganze Zeit zugucken, wie ich ausmiste? Natürlich kannst du das machen, ich will dich ja nicht gleich abschrecken, ich dachte halt nur ..."

„Abschrecken? Wegen ein bisschen Mist schaufeln? Von

wegen!“ Kat griff nach der Mistgabel. „Gib her. Was muss ich machen?“

„Das nasse Stroh und die Pferdeäpfel raussammeln und auf die Schubkarre schmeißen, ganz einfach.“

Kat nickte und schob die Gabel unter einen Misthaufen. Schnell stellte sie fest, dass es zwar einfach war, aber keineswegs leicht. Die Forke an sich war schon sauschwer, und dann noch mit dem nassen Zeug drauf … In kürzester Zeit begann sie zu schwitzen. Morgen würde sie garantiert einen Muskelkater in den Schultern und Oberarmen haben. Aber es war auch seltsam befriedigend, dabei zuzusehen, wie die Schubkarre immer voller und die Box immer sauberer wurde. Ob Rick das auch jeden Tag bei seinem Blue machte?

Als Mom das nächste Mal mit der seltsam abgewinkelten Schaufel hereinkam, mit der sie draußen den Paddock absammelte, hielt Kat kurz inne. „Du, Mom – mistet hier eigentlich jeder selber aus oder gibt's in diesem Nobelstall auch Angestellte, die das machen?“

Mom ließ die Pferdeäpfel fast schon liebevoll in die Schubkarre kullern. „Gibt es, klar. Aber das wäre noch mal teurer und dein Vater kriegt sowieso schon Zahnschmerzen von der Boxenmiete. Mal ganz abgesehen davon würde ich das aber auch nicht wollen. Wenn schon eigenes Pferd, dann doch auch richtig!“

„Mm“, machte Kat zweifelnd und wuchtete die letzte Gabel Mist in die Karre.

„Prima, das ging jetzt natürlich superschnell.“ Zufrieden stellte Mom die Schaufel beiseite und schaute auf die volle Schubkarre. „Jetzt verteilen wir noch schnell das neue Stroh und dann fahre ich die Karre zum Misthaufen. Da musst du nicht unbedingt mitkommen. Inzwischen kann ich das sogar, ohne dass mir das Ding zweimal umkippt, also brauche ich nicht unbedingt Hilfe.“

Sie brachten das Stroh in die Box und schichteten es vor allem an den Wänden entlang auf, dann holte Mom Otto. Kat schlüpfte lieber vorher aus der Box.

„Ich laufe ein bisschen rum, okay?"

Moms Kopf tauchte über Ottos Rücken auf. „Klar. Ich gehe dann noch ein paar Minuten mit ihm auf den Platz, damit er sich etwas bewegt."

Kat winkte kurz und machte sich auf die Suche nach Rick. Auf dem Reitplatz war er immer noch nicht, das sah sie gleich, als sie das Stallgebäude verließ. Auch in der Halle waren kein Rick und kein Blue zu finden, sondern nur zwei Mädchen, deren Pferde Westernsättel trugen und ziemlich seltsam liefen – es sah aus, als wären sie uralt und könnten sich nicht mehr richtig bewegen. Oder wie Zeitlupe. Eine Weile schaute Kat ihnen dabei zu, aber mehr als diese schlurfenden Bewegungen gab es nicht zu sehen. Im Schritt erinnerte das Kat an den halb schlafenden Otto bei Moms Proberitt, aber wahrscheinlich sah es nur für Kats ungeübte Augen so aus, denn die Reiterinnen schienen nämlich sehr konzentriert bei der Sache zu sein und lobten ihre Pferde immer wieder.

Kat stromerte weiter über das Gelände, dann beschloss sie, die anderen Ställe unter die Lupe zu nehmen. Rick war offenbar nicht da, aber vielleicht könnte sie wenigstens Blue noch einmal anschauen und würde dann für die Zukunft wissen, wo er wohnte. Das konnte ja nicht schaden ...

Sie fand die Box mit dem richtigen Namensschild erst nach einer Weile im mittleren Stall – schließlich hatte sie sich dieses monströse Namenskauderwelsch, das vor dem „Blue" seinen Platz hatte, beim besten Willen nicht merken können.

Die Box war allerdings leer. Kat blieb einen Augenblick davor stehen. Es war ruhig im Stall, irgendwie angenehm friedlich. Die meisten Pferde waren draußen auf den Paddocks, nur aus einigen wenigen Boxen drang leises Scharren und Schnauben.

„*Zip's Go On Blue* – was ist das eigentlich für ein bescheuerter Name?", fragte sich Kat laut.

„Ein reinrassiger Paint-Name natürlich!"

Kat zuckte zusammen. Über der Tür der Nachbarbox erschien der Kopf einer jungen Frau. „Vater ist *Zippy Private Cara* und die Mutter *PN's Golden One*. Daraus wurde dann eben *Zip's* für den Vaterteil und *Go On* für den Mutterteil zusammengesetzt und *Blue* erklärt sich ja von selbst bei dem Auge. Erstklassiger Stammbaum, der Kleine. Kein Wunder, dass Frau Wegwarth ihn nicht legen lassen will, da kann sie noch mal gutes Geld für kriegen, wenn sie ihn auf ein paar Stuten schickt. Das Beste war der natürlich gerade gut genug für ihren Sohn. Na, wenn man's hat ... Der Patrick wird heute sicher wieder eine Schleife vom Turnier mitbringen."

„Ah", sagte Kat. „Danke für die Info."

„Du bist wohl neu am Stall, was?"

„Ja, schon irgendwie."

„Heißt was?"

„Meine Mutter ist schon länger hier und ich fange jetzt auch an zu reiten."

„Ach, Familienansteckung! Darf man fragen, wie deine Mutter heißt?"

„Silke Meißner. Und ich bin übrigens Kat."

„Ah, Silke und Otto!" Die junge Frau grinste. „Na, dann viel Spaß hier, Kat. So, ich muss jetzt weitermachen." Der Kopf verschwand wieder und Kat machte sich auf den Weg zum Reitplatz, wo ihre Mutter versuchte, Otto über den Platz zu scheuchen. Effektiv scheuchte sie eigentlich aber mehr sich selbst, während Otto immer nur so lange lief, bis er außerhalb von Moms Reichweite war. Dumm war der Kerl nicht, das musste man ihm lassen.

„Ich glaube, ich mache für heute Schluss", keuchte Mom, als sie Kat sah. „Er ist ja schon ganz schön gelaufen."

Während sie ihre verschwitzte Mutter und deren staubtrockenes Pferd zum Stall zurückbegleitete, stellte Kat die Frage, die sie am Abend vorher ganz vergessen hatte: „Du, Mom, was ist eigentlich Reining?"

„Das ist eine Unterart des Westernreitens. Da reitet man bestimmte Patterns, also bestimmte Aufgaben sozusagen, und das Spektakulärste daran sind die Sliding Stops, da bremst das Pferd aus vollem Galopp mit den Hinterbeinen und läuft mit den Vorderbeinen noch ein paar Schritte weiter. Irgendwie so. Genauer kenne ich mich da auch nicht aus. Wieso fragst du?"

„Och, nur so", sagte Kat. Rick war heute also auf einem Reining-Turnier und Blue war ein reinrassiger Paint. Wenigstens würde sie sich in dieser Hinsicht nicht total blamieren, falls sie sich mal wieder trafen. Von daher hatten sich die müden Arme schon gelohnt.

5. Kapitel

... enthält Pferdehaare am Po, ein Paar Gummibeine und fast verbrannten Hawaiitoast.

Kat stand vor dem Froschauto und fühlte sich mulmig. Sie hatte wieder die alten Jeans und auf Anraten ihrer Mutter statt der Gummistiefel knöchelhohe Turnschuhe angezogen. Moms Reithelm passte zum Glück auch auf ihren Kopf, vor allem, weil er sowieso mit einem Drehrädchen verstellbar war, aber den hielt sie vorerst nur in der Hand.

Mom schloss das Auto ab, trat neben Kat und schaute sie von der Seite an. „Na, du guckst so komisch – hast doch nicht etwa Bammel gekriegt, oder?“

„Quatsch.“ Entschlossen setzte sich Kat in Bewegung. Nein, Angst hatte sie natürlich nicht. Nur ein bisschen Herzflattern, ein ganz kleines bisschen, das zählte gar nicht, so klein war es.

Otto schien sie schon zu erwarten. Interessiert streckte er seinen Kopf über die Boxentür, als sich Kat und ihre Mutter näherten, was ihm bei seiner Größe längst nicht so leicht fiel wie dem Schimmel in der Nachbarbox.

„Willst du ihn selber rausholen?“

„Äh ...“, machte Kat unbestimmt. Bisher hatte sie ja eher vermieden, noch mal mit Ottos neugieriger Nase in Berührung zu kommen, aber schließlich würde sie wohl kaum reiten können, ohne sich dem Pferd zu nähern ...

Mom nahm ihr die Entscheidung ab, indem sie ihr das türkisfarbene Halfter in die Hand drückte. Ein Strick baumelte daran, und während Kat versuchte, sich zusammenzureimen, wo oben und wo unten war und wie man das Ding an Ottos Kopf bekommen sollte, trat sie auf das Strickende und stolperte etwas abrupt in die Box.

„Häng dir den Strick über die Schulter, dann stört er nicht so."

Na, so weit war sie inzwischen auch selbst gekommen. „Und jetzt?"

Mom schloss die Tür hinter sich. „Am besten erst mal Hallo sagen. Und dann möglichst schnell sein und ihm das Halfter überstreifen. Seitlich von links, das ist er so gewöhnt."

Ottos Nase schob sich ihr wieder entgegen. Diesmal wich sie nicht zurück, sondern murmelte: „Hallo Otto!", und streichelte vorsichtig darüber. Ganz weich war die Haut am Maul. Otto ruckte den Kopf kurz nach oben, kam aber gleich wieder näher.

„An der Stirn mögen sie's gern", hörte sie ihre Mutter von hinten sagen. Kat schob die Hand nach oben und rieb über Ottos breite Stirn unter dem hellen Schopf. Dann holte sie tief Luft und versuchte, das Halfter an seinen Kopf zu bekommen. „Seitlich" hatte Mom gesagt – das machte es aber auch nicht einfacher. Der Nasenriemen geriet in Ottos Maul statt darüber und er fand das offenbar lustig, denn er biss einfach hinein und ließ ihn nicht wieder los, so sehr Kat auch daran zerrte.

Mom trat näher und gab ihm eins auf die Nase. „Lass das, Otto." Rasch zog sie ihm das Halfter aus dem Maul und über den Kopf, zog das Stirngewuschel darunter hervor und schloss den Haken. „Rausführen tu ich ihn, das ist nicht ganz einfach bei der Enge in der Box und mit der Tür und so."

Kat tappte hinterher und fühlte sich einigermaßen unfähig.

Mom band Otto mit einem Knotengewusel in der Stallgasse an, aus dem Kat nicht schlau wurde. Dann holte sie die Plastikkiste, in der sie das Putzzeug aufbewahrte, und zeigte Kat, wie sie mit dem Striegel Ottos Fell bearbeiten sollte. Vorsichtig legte Kat das Gummiteil auf den runden Bauch und hatte ein sehr unbehagliches Gefühl im Bauch, als Otto wegzuckte. Die Hufe waren bedrohlich nah von hier aus.

„Etwas fester drücken, sonst kitzelt es ihn", wies Mom sie an. Kat gehorchte und rieb in kreisenden Bewegungen über Rücken, Seite und Bauch. Langsam gewöhnte sie sich an die Nähe und Otto schien das Striegeln regelrecht zu genießen: Er stand da, einen Hinterhuf angehoben, die Augen halb geschlossen und einen dämlichen Ausdruck im Gesicht. Zum Glück kümmerte sich Mom in der Zwischenzeit um das Auskratzen der Hufe, das fand Kat dann doch etwas beängstigend, die Dinger in die Hand zu nehmen und mit dem Kratzer darin herumzufuhrwerken. Dagegen war das Striegeln wirklich nett. Nachdem sie auch noch mit einer weichen Bürste über den tonnenförmigen Rumpf gegangen war, zeigte Mom ihr, wie man die Trense anlegte. Schien nicht gar so schwer zu sein, außer dass Otto die Zähne zusammenbiss, als die Metallstange dazwischen sollte, und Mom wahrhaftig einen Finger hinten in sein Maul steckte, um ihn dazu zu bewegen, es zu öffnen.

„Das macht nix, da hinten sind keine Zähne mehr, man drückt bloß aufs Zahnfleisch", erklärte sie dabei, aber Kat fand die Idee auch ohne Zähne extrem eklig, mit dem Finger im Pferdemaul herumzufummeln. Aus dem gleichen Grund wollte sie ja auch keine Zahnärztin werden.

„So, dann können wir. Nimm ihn selber. Wenn schon, denn schon!"

Hoffentlich ist Rick nicht draußen, dachte Kat bei einem Blick auf „ihr" dickes, strubbeliges Pony. Mit Blue war Otto nun wirklich nicht zu vergleichen, ganz abgesehen von dessen schickem

Westernoutfit mit Silberverzierung ... Erst in diesem Moment fiel ihr mit einem kleinen Schrecken auf, dass Ottos Aussehen nicht das größte Problem war – viel schlimmer wog, dass ihr Reitpferd keinen Sattel besaß! Den von Lissy hatte er ja höchstselbst kaputt gemacht und Mom hatte noch keinen neuen gefunden, der passte. Kat hatte das zwar mitbekommen – natürlich, das war kaum zu vermeiden gewesen –, aber irgendwie war ihr überhaupt nicht aufgefallen, was das für ihre erste Reitstunde bedeutete.

Sie schluckte. Naja, ein Rückzug kam jetzt nun wirklich nicht mehr infrage. Und Mom ritt ja schließlich auch die ganze Zeit ohne Sattel, von den Indianern ganz zu schweigen – jedenfalls denen im Fernsehen.

Mit einem letzten tiefen Luftholen stellte sie sich neben Ottos Kopf, die Zügel in der Hand, sagte: „Komm!“, und ging los. Ein wenig widerwillig und langsam, aber doch immerhin ohne stehen zu bleiben folgte ihr das Pony aus dem Stall. Verstohlen sah Kat sich draußen um, aber Rick war nicht auf dem Reitplatz und auch sonst nirgends zu sehen. Glück gehabt.

Anne erwartete sie in der Reithalle. Sie trug wieder Stiefel, Hemd und Cowboyhut und Kat fragte sich, ob sie wohl nur am Stall so herumlief oder auch beim Einkaufen oder im Kino.

„So, dann wollen wir mal. Und, aufgeregt?“

„Bisschen“, gab Kat zu.

„Mach dir nichts draus, das geht jedem beim ersten Mal so.“

„Ich geh ausmisten. Bis nachher, Schatz!“ Mom reichte ihr den Reithelm und bewegte sich zögerlich auf den Ausgang der Halle zu. Kat war sich nicht sicher, ob mit dem „Schatz“ sie oder das Pferd gemeint war. Hoffentlich Otto. Aber dafür, dass Mom so bereitwillig wie abgemacht verschwand, hätte Kat auch verschmerzt, „Schatz“ genannt zu werden. Ganz klar hätte ihre Mutter liebend gerne zugesehen, aber das ging wirklich mal gar nicht!

„Können wir?", fragte Anne.

Kat nickte. Rasch stülpte sie den Helm auf den Kopf und fummelte an dem Drehrädchen herum, bis er fest saß.

„So, dann rauf mit dir auf das Sofa. Stell dich neben ihn, hier, genau, mit dem Gesicht ein bisschen zu seinem Kopf hin, und dann winkle das linke Bein an und pack in die Mähne. Kannst ruhig richtig zufassen, das tut ihm nicht weh."

Na dann ... Entschlossen griff Kat in die dicken Mähnenhaare. Anne packte ihr Schienbein und schob sie mit einem „Eins, zwei – drei!" auf Ottos Rücken. Leicht panisch wurstelte Kat ihr rechtes Bein auf die andere Seite, dann richtete sie sich auf. Der Boden war tierisch weit weg, obwohl Otto doch gar nicht so groß war, und sie saß mit blödsinnig gespreizten Beinen. Also, Sofa war ja wohl was anderes, oder?

„Rutsch noch ein Stück nach vorne, ja, so. Und dann halt dich ruhig weiter in der Mähne fest und mach die Augen zu."

„Die Augen zu?"

„Exakt. Damit du die Bewegungen erst mal fühlst. Ich führe dich, es kann also gar nichts passieren. Entspann dich und fühl einfach."

Kat schaute auf Ottos dicke, weißliche Mähne hinunter, fasste fester hinein und biss sich auf die Unterlippe. Irgendwie fand sie die Vorstellung, auch noch mit geschlossenen Augen auf dem Pferd zu sitzen, beunruhigend. Aber natürlich hatte Anne recht, sie hielt ja das Pferd und galoppieren würden sie wohl kaum gleich. Vor allem, wenn ihre Reitlehrerin nebenherlaufen musste. „Okay."

Unter ihr setzte sich Otto in Bewegung. Zunächst fühlte sich Kat sehr wackelig, rutschig und unsicher. Es war merkwürdig, die Bewegungen unter sich zu spüren, die Wärme an Po und Beinen zu fühlen, zu wissen, dass sie auf einem Lebewesen hockte, das einen eigenen Willen besaß. Und dass Otto den hatte, zeigte ja die Erfahrung!

Aber dann begann sie sich zu entspannen und das Gefühl zu genießen. Es war fremd und aufregend und wirklich schön.

„So, jetzt kannst du sie wieder aufmachen. Du sitzt prima, ganz locker. Versuch, so zu bleiben."

Das war zunächst kein Problem – allerdings nur bis zu dem Zeitpunkt, als Anne ihr erklärte, dass sie den Rücken gerader halten müsse, und ob sie mal die Mähne loslassen wollte. Natürlich war Kat klar, dass sie nicht ewig an Ottos Mähne geklammert reiten konnte, aber ganz ohne festzuhalten? Zögerlich ließ sie die Mähne los und fühlte sich sofort wieder wackelig.

In genau diesem Moment beschloss Otto, dass ihm das alles zu langweilig war und dass seine Reiterin doch sicher mal ein bisschen traben wollte. War ja wohl Zeit dafür!

Kat krallte sich erschrocken wieder in die Mähne – es ging so schnell und Ottos sich bis dahin so ruhig dahinbewegender Körper hopste plötzlich unter ihr auf und ab. Bevor Anne reagieren konnte, die mit langem Strick seitlich neben Kat ging, um ihr die richtige Haltung erklären zu können, waren sie einige Meter weit getrabt und Kat rutschte unaufhaltsam zur Seite, ohne dass sie etwas dagegen tun konnte.

„Stopp, du Spinner!", hörte sie Anne rufen, und gerade als Kat beschlossen hatte, dass sie sich jetzt einfach fallen lassen wollte, hielt Otto an und Anne schob sie wieder in die Senkrechte.

„So, damit bist du also auch schon mal getrabt. Trotzdem bleiben wir für den Rest der Stunde mal lieber im Schritt. Lass schön das Bein lang runterhängen, nicht hochziehen und klammern, dadurch sitzt du viel unsicherer." Anne schien sich durch nichts aus der Ruhe bringen zu lassen. Aber wenn Kat ehrlich war, war es ihr eigentlich lieber so, als wenn sie sich wie eine aufgescheuchte Mutterglucke benommen hätte.

Schließlich sagte Anne: „Schluss für heute. Absteigen bitte!"

Kat zögerte. In Filmen sprangen die Reiter immer mit

Schwung aus dem Sattel. Aber einen Sattel hatte sie ja nun nicht. Der Versuch, trotzdem mit einer eleganten Bewegung herunterzukommen, scheiterte kläglich, aber immerhin landete sie auf beiden Füßen. Lustigerweise gaben die Beine halbwegs nach. Die Knie schienen sich auf wundersame Weise in Gummi verwandelt zu haben und gehorchten nicht richtig. Irritiert schaute Kat zuerst ihre Beine, dann Anne an.

Die grinste breit. „Das ist normal. Morgen hast du einen mördermäßigen Muskelkater, stell dich schon mal drauf ein. Deine Muskeln sind diese Position und diese Bewegungen überhaupt nicht gewöhnt. Holst du deine Mutter? Ich nehme mir den Knaben solange noch ein bisschen vor."

Ein Griff in die Mähne und ein kurzer Schwung mit dem rechten Bein und sie saß auf Ottos Rücken. Nicht einmal den Hut hatte sie dabei verloren!

„Und, magst du weitermachen?", fragte sie von der Höhe herab.

Kat nickte, ohne nachdenken zu müssen. „Auf jeden Fall." Irgendwann wollte sie schließlich auch mal so locker-flockig aufs Pferd hüpfen können. Und traben, ohne abzurutschen.

„In einer Woche, selbe Zeit, selber Ort?"

„Klingt super."

„Okay – so long!" Damit drückte Anne Otto die Beine an den dicken Bauch und ließ ihn antraben. Es sah unheimlich einfach aus.

Mit steifen Schritten stakste Kat aus der Halle in Richtung Stall.

Mom kam ihr schon auf dem Weg entgegen. „Und, wie war's?"

„Hmm", brummte Kat zustimmend und reichte ihr den Helm. „Nett. Nächste Woche reite ich wieder." Mehr Begeisterung wollte sie lieber nicht zeigen, sonst würde Mom noch in aller Öffentlichkeit ausflippen. Außerdem hatte man ja auch einen gewissen Stolz, und nachdem man Jahre damit verbracht hatte, Reiten doof zu finden ... Dabei war es eigentlich schon mehr als bloß nett gewesen.

„Hab ich's doch gewusst!" Mom strahlte bis zu den Ohren. „Ich will dann nachher alles genau hören, ja?"

„Klar."

Einen Moment lang zögerte Mom, aber dann konnte sie sich doch nicht mehr beherrschen, drückte Kat einmal kurz und heftig an sich und gab ihr einen schmatzenden Kuss auf die Wange.

„Mooom, sei doch nicht so peinlich", beschwerte sich Kat, obwohl sie ganz tief drinnen eigentlich immer noch ganz gerne gedrückt wurde.

Mom lachte und löste sich von ihr. „Ich geh ja schon. Kommst du mit? Mir kannst du ruhig zugucken."

„Gleich. Aber erstmal laufe ich einmal um den Block – mal gucken, ob ich meine Beine wieder funktionstüchtig kriege."

„Ha, das Problem hatte ich damals auch nach meinem ersten Ritt, mach dir nix draus, das gibt sich."

Na hoffentlich, dachte Kat und machte ein paar watschelige Schritte. Es fühlte sich an, als ginge sie auf rohen Eiern.

***

Es klopfte. Kat schaute auf den Radiowecker neben ihrem Bett. Tatsächlich, schon halb sieben – Zeit für den täglichen Besuch ihres Vaters nach der Arbeit.

„Komm rein", sagte sie und legte ihren Krimi beiseite. So richtig konnte der sie heute sowieso nicht fesseln.

Ihr Vater streckte den Kopf zur Tür herein. „Oh", sagte er und sog prüfend die Luft ein. „Ein inzwischen schon wohlbekannter Duft weht mir entgegen ..."

Kat schaute zu ihren Klamotten hinüber, die sie vor der

Kommode auf den Boden hatte fallen lassen, und grinste. Ja, es roch nach Pferd. Kein Wunder, die dunkle Jeans hing hinten voller rötlicher Pferdehaare, und wenn sie an ihren Händen schnupperte, war der Geruch trotz Duschen immer noch leicht zu erahnen. Es war ein ganz eigener Duft, für den ihr irgendwie kein Vergleich einfiel. Es roch eben einfach nach Pferd. Aber sie fand das seltsam angenehm. Es war natürlich kein Parfum, aber trotzdem hatte sie es gar nicht eilig, die Hose in die Waschküche zu bringen.

Ihr Vater kam ins Zimmer. Er hatte nach der Arbeit schon Hemd und Krawatte gegen Jeans und T-Shirt ausgetauscht und offenbar hatte er sich dabei sehr beeilt, denn seine sonst so ordentlich gekämmten braunen Haare standen teilweise wirr in die Luft. „Und, wie war deine erste Reitstunde?“, fragte er und zog erst die Bettdecke glatt, bevor er sich vorsichtig auf die Bettkante setzte.

„Schön war's. Sag das bloß nicht Mom weiter, sonst kriegt die sich gar nicht mehr ein, aber ich kann sie jetzt schon ein bisschen verstehen, das macht echt Spaß.“

„Na prima, dann rentiert sich das Pferd ja jetzt richtig“, sagte er und Kat wollte schon irritiert die Stirn runzeln, bis sie das Funkeln in seinen Augen entdeckte. Manchmal konnte er einen mit seinem ironischen Humor aber auch wirklich ganz fusselig machen.

„Ja, wie, war das jetzt alles, was ich an Bericht bekomme?“

Kat zuckte mit den Achseln. „Gut, dann halt ausführlicher. Ich dachte nur, die Einzelheiten interessieren dich vielleicht nicht so, wo Mom doch eh ständig davon redet ...“

Er hob die Hände. „Na hör mal, so einschneidende Erlebnisse wie dein erster Ritt interessieren mich natürlich! Auch bei deiner Mutter hat es mich interessiert, als sie das erste Mal auf ihrem Otto saß. Und überhaupt, aus deiner Perspektive sieht die Reiterei garantiert ganz anders aus als aus ihrer. Schieß los!“

„Also, ich bin ohne Sattel geritten und anfangs mit geschlossenen Augen, damit ich das Gefühl kriege, sagt Anne. Hab ich, glaube ich, auch gekriegt, es hat sich toll angefühlt. Und dann sollte ich die Augen aufmachen, war auch noch machbar, aber mich gerade hinzusetzen und die Mähne loszulassen war dann echt eine totale Überforderung meines Kleinhirns. Oder Großhirns. Oder was da auch immer für zuständig ist, meine Bewegungen zu koordinieren. Jedenfalls habe ich mich dabei gleich wieder verkrampft und Otto fand das anscheinend witzig, in genau diesem Moment loszurasen. Naja, oder zumindest schneller zu werden. Es war wohl ein ganz langsamer Trab, aber mir hat's gereicht. In Nullkommanix hing ich halb neben dem Pferd wie so ein Indianer auf der Büffeljagd. Nur weniger elegant."

Ihr Vater grinste. „Bist du runtergefallen?"

„Nee, Anne hat mich ganz cool wieder hochgewuchtet. Wie einen Kartoffelsack."

Jetzt lachte er richtig. „Ich kann's mir bildlich vorstellen. Und dann?"

„Danach habe ich eigentlich nichts mehr gemacht außer draufzusitzen. Komisch, dass das so anstrengend sein kann – hinterher bin ich wie eine Ente durch die Gegend gewatschelt, weil meine Knie ganz schlabbrig waren. Aber man braucht da halt Muskeln, die man sonst nicht benutzt, sagt Anne. Von dem Muskelkater werde ich noch ein paar Tage was haben, schätze ich. – Oh, und runterzukommen war auch nicht ganz ohne. So ohne Sattel ging das irgendwie nicht so, wie ich mir das vorgestellt hatte. Ich hab ja kurz überlegt, ob es nicht leichter wäre, das Bein einfach vorne über den Hals rüberzunehmen, aber dann dachte ich mir: Im Zweifel geht dann genau in dem Moment der Kopf hoch, wenn ich gerade mein Bein darüber habe! Also habe ich es doch nach hinten geschleudert und wollte mit einem eleganten Schwung abspringen – allerdings habe ich mich dabei wohl bei diesem dicken Hinterteil verschätzt, bin erstmal mit dem Bein hängen geblieben und dann sehr unelegant auf dem Bauch runtergerutscht."

„Na, nach rosa Mädchenträumen klingt das ja nicht gerade."

„Wahrscheinlich hat es mir deswegen überhaupt Spaß gemacht."

„Vermutlich", sagte er und lächelte. „Hast du Helene schon Bericht erstattet?"

„Ja, klar, gleich nach dem Duschen. Aber sie war ein bisschen komisch drauf und hat nicht viel gesagt. Ist ja auch immer blöd, bei Abels anzurufen, wo doch alle um das Telefon rumsitzen und mithören. Warum kaufen die sich eigentlich nicht mal ein normales schnurloses?"

Er hob die Augenbrauen. „Dann könnten sie ja nicht mehr um das Telefon herumsitzen und mithören."

„Aber warum wollen sie das überhaupt? Ihr belauscht mich doch auch nicht! Ich meine, wir reden ja schließlich über keine schlimmen Sachen oder so, Helli und ich!"

„Naja – so sind Abels nun mal."

In diesem Moment öffnete sich mit einem weiten Schwung die Tür. Mom hielt sich selten mit Anklopfen auf. „Ach, hier seid ihr! Es gibt Abendbrot, ich habe zur Feier des Tages Hawaiitoast gemacht. Und die Dinger sind schon fertig. Wollte euch eigentlich früher rufen, aber dann habe ich mich etwas verzettelt, also: Wenn ihr euch nicht beeilt, werden sie schwarz oder kalt, das könnt ihr euch aussuchen."

Ein köstlicher Geruch wehte mit ihr ins Zimmer und Kat sprang eilig aus dem Sessel. Ihr Magen knurrte sofort fordernd – Reiten machte echt hungrig. Und auf Hawaiitoast hatte sie sowieso eigentlich immer Appetit.

6. Kapitel

... in welchem Kat und Helli sich in der Sattelkammer festschnuppern. Enthält außerdem Anne und ein getoastetes Pferd.

„Hallo, Frau Meißner!“

Mom hob den Kopf von der Zeitschrift, in der sie gerade am Küchentisch blätterte, während auf dem Herd etwas vor sich hin köchelte, das einen durchdringend süßlichen Geruch verbreitete. Marmelade vermutlich. „Hallo Helli! Sag mal, hab ich dir nicht schon ungefähr zehnmal das Du angeboten?“

Helli lächelte verlegen. „Ich vergesse das immer, tut mir leid.“

„Na, ich bin ja nicht beleidigt oder so, ich wundere mich bloß. Vielleicht sollte ich dich jedes Mal ‚Helene‘ nennen, wenn du ‚Frau Meißner‘ sagst?“

„Dann merke ich es mir ganz bestimmt total schnell!“ Dabei machte Helli ein übertrieben entsetztes Gesicht und Mom lachte.

„Hi Mom.“ Kat ließ den Rucksack in eine Ecke fallen und versuchte, den penetranten Marmeladenduft zu ignorieren. Gut, dass sie schon in der Schulmensa gegessen hatten, bei diesem Geruch hätte sie nicht mal Spaghetti Bolognese verdrücken können und das wollte was heißen. „Du, nimmst du uns nachher mit zum Stall?“

„Och, das fände ich ja schön, wir drei am Stall – aber ich fahre leider nachher nicht, ich war extra heute Morgen schon, damit ich den Nachmittag für Marmelade, Hausputz und Einkaufen frei habe. Morgen arbeite ich schließlich wieder, auch noch länger als sonst, hat meine Chefin drum gebeten, also komme ich da auch zu nichts, wenn ich danach noch mal nach Otto sehen will. Sonst würde ich ja mit euch mitkommen, aber so ...“

Die Enttäuschung stand Helli mit Großbuchstaben ins Gesicht geschrieben. Und auch Kat hatte sich irgendwie auf den Nachmittag am Stall gefreut. „Können wir auch alleine hin?“

„Hmm. Wenn ihr mir versprecht, keine Dummheiten zu machen ... Nicht draufsetzen oder sowas – und am liebsten wäre mir, ihr würdet auch nicht in die Box reingehen, sondern Otto über den Paddockzaun knuddeln oder so. Wenn keiner dabei ist, der sich mit Pferden auskennt, jedenfalls.“

„Ehrenwort!“, versprach Kat sofort. Das war ja nicht schwer einzuhalten.

Mom kratzte sich am Kinn. „Soll ich euch bringen und nachher abholen oder wollt ihr mit dem Fahrrad hin? Müsste sich eigentlich ganz gut fahren lassen, es sind ja kaum Steigungen auf der Strecke.“

Kat schaute ihre Freundin an. „Ich wäre für Fahrrad.“ Das fehlte noch, sich von Mami durch die Gegend kutschieren zu lassen wie die Kleinkinder!

Helli schien ähnlich zu denken. „Ich auch. Bei dem schönen Wetter – und überhaupt, die Umwelt ... Ich hole meins schnell.“ Damit war sie auch schon aus der Tür. Sie hatte es wirklich eilig, zum Pferd zu kommen.

Zwanzig Minuten später waren sie unterwegs. Es fuhr sich wirklich gut und sie brauchten nur eine knappe halbe Stunde. Helli wurde immer gesprächiger, je mehr Koppelzäune ihnen rechts und links der schmalen Straße zum Stall begegneten. Noch waren die Weiden allerdings leer, die Saison hatte noch nicht begonnen, sagte Mom. Kat hatte keine Ahnung, warum, schließlich war der Frühling längst mit aller Macht hereingebrochen und das Gras sah regelrecht appetitlich grün und saftig aus.

Dann kam der Stall in Sicht.

„Das ist wirklich eine Nobelherberge!“, bemerkte Helli.

„Ja, finde ich auch. Otto passt da etwa genauso gut rein wie ich auf eine Cocktail-Party im Fünf-Sterne-Hotel.“

Helli kicherte. „Oder auf eine Kunstausstellung mit Sektempfang.“

„Oder in einen Rolls-Royce mit Chauffeur.“

„Oder in die Oper.“

„He, in die Oper könnte ich schon gehen, das ist heutzutage nicht mehr so streng mit der Kleiderordnung, glaube ich!“

Auf Hellis Gesicht breitete sich ein spitzbübisches Grinsen aus, das selten dort zu sehen war. „Das meinte ich auch gar nicht. Aber in der Oper spielen sie in der Regel keinen Indie-Rock, sondern halt Opernmusik.“

Kat lachte. „Stimmt, das Problem mit dem Gejodel hatte ich jetzt übersehen. Igitt, nee, da passt Otto tatsächlich noch besser in den Stall. Hier singt ja wenigstens keiner.“

„Nee, hier wiehert man. Vielleicht können Pferde auch Wagner oder Mozart wiehern?“

„Otto bestimmt, der ist nur zu faul dazu.“

Immer noch kichernd stiegen sie von den Rädern, schlossen sie ordentlich am Fahrradständer auf dem Parkplatz ab und gingen über die Anlage. Helli beachtete Halle und Platz gar nicht weiter, sie war ja nun schon ein paar Mal hier gewesen, sondern ging zielstrebig zu Ottos Stall hinüber. Kat folgte ihr, wobei ihr auffiel, dass sie sich seltsamerweise auch ein bisschen auf Otto freute. Nachdem sie nun auf ihm draufgesessen hatte, fühlte sie sich ihm schon irgendwie verbunden.

Im Stall war es ruhig und fast leer, bei dem schönen Wetter

standen die Pferde so gut wie alle draußen auf den kleinen Paddocks. Helli reckte trotzdem den Hals, um von der Stallgasse aus einen Blick auf das eine oder andere Pferd zu bekommen.

Kat beobachtete ihre Bemühungen amüsiert. „Du kannst auch ruhig an die Boxen rantreten und reingucken!“

„Nee, lieber nicht. Bei dem Stall hier sind das doch bestimmt alles so Zehntausend-Euro-Pferde ...“

Kat schnaubte. „Ja klar, so wie Otto halt! So viele Ställe gibt’s hier in der Gegend einfach nicht, schon gar nicht solche mit Auslauf, sagt Mom. Darum ist Otto garantiert nicht das einzige Durchschnittspony, das hier steht.“

Ob Otto ihre Stimmen gehört hatte? Oder vielleicht sogar erkannt? Jedenfalls steckte er seinen Wuschelkopf zwischen den Plastiklamellen herein, kaum dass sie vor der Box stehen geblieben waren.

„Hallo, Otto“, sagte Helli zärtlich und lockte ihn mit ausgestreckter Hand. Otto kam herein und schnupperte an Hellis Hand herum, was sie dazu brachte, leise aufzulachen. Man konnte regelrecht den Vorwurf in seinem Pferdegesicht lesen, als er nicht das erwartete Leckerli vorfand. Fordernd reckte er ihnen den Kopf über die Boxentür entgegen. Helli bekam seine Nase ins Gesicht und kicherte wieder glücklich. Als auch das keinen Erfolg brachte, drehte sich Otto beleidigt um und machte sich stattdessen über sein Heu her.

„Wir sind aber auch unhöflich, kein Gastgeschenk mitzubringen“, bemerkte Kat.

„Naja, ich hätte sogar was dabei, habe heute Morgen zu Hause altes Brot eingesteckt, aber ohne dass deine Mutter es weiß, mag ich es ihm nicht geben.“

Eine Weile stand Kat neben Helli an der Box und schaute Otto zu. Er tat beim besten Willen nichts Weltbewegendes, trotzdem bestaunte Helli ihn hingebungsvoll wie das achte Weltwunder.

Irgendwann wurde es Kat langweilig. Dann hatte sie eine Idee. „Warst du eigentlich schon mal in der Sattelkammer?"

„Nein. Oh ja, die würde ich gerne sehen!" Trotzdem riss sich Helli nur schwer von Ottos Anblick los.

In der Sattelkammer war Kat selber auch noch nicht gewesen, aber sie wusste, wo sie sich befand. Als sie allerdings die Klinke herunterdrückte, stellte sie fest, dass die Tür abgeschlossen war. „Mist. Aber eigentlich logisch, da könnte sonst jeder was klauen."

„Eben", sagte in diesem Moment jemand hinter ihnen. Die beiden Freundinnen fuhren so heftig herum, als hätte etwas sie in die Waden gebissen. Helli erschrak so, dass sie leise aufschrie.

„Meine Güte", japste Kat und versuchte, ihren Herzschlag durch langsames Atmen wieder auf ein normales Tempo herunterzuregeln.

„Sorry." Anne grinste unter ihrem Cowboyhut hervor. „Wollte euch eigentlich nicht erschrecken. – Ich bin Anne, die Reitlehrerin." Damit streckte sie Helli die Hand hin.

„Helli", piepste die halbwegs heiser hervor, räusperte sich, wurde rot und reichte Anne ihre Hand.

„Meine beste Freundin", beeilte sich Kat zu erklären. „Wir machen gerade einen Besuch bei Otto und ich dachte, wir könnten mal in die Sattelkammer gucken. Hab nicht daran gedacht, dass da zu ist."

„Na, ich muss sowieso gerade rein, wenn ihr möchtet, könnt ihr gerne mitkommen und mal reinschnuppern. Oder mir sogar beim Satteln zur Hand gehen. Ich habe zwei Pferde zu machen, will mit meiner Reitschülerin eine Runde ins Gelände, da habe ich gegen Hilfe nichts einzuwenden."

Sie schloss die Tür auf und Kat und Helli folgten ihr in die Sattelkammer.

„Reinschnuppern" ist wirklich das richtige Wort, dachte Kat sofort,

als sie den länglichen Raum betrat. Ein starker Duft nach Leder, versetzt mit Holz, Kräutern und anderen Gerüchen, die Kat nicht einordnen konnte, zog ihr in die Nase. Sie blieb stehen und atmete tief und genießerisch ein. Dann erst schaute sie sich um.

Der Raum war in der Mitte durch eine Reihe von schmalen Schränken geteilt, alle im selben Design aus hellem Holz gefertigt. Und an den beiden Wänden hingen in drei versetzten Reihen die Sättel übereinander. Bei den meisten davon lag eine viereckige, dick gepolsterte Decke obendrauf, die in der Regel dicht mit Pferdehaaren bedeckt war.

„Sind das alles Westernsättel?", fragte Helli.

Anne nickte und ging zu einem davon hinüber. „Genau. Die meisten Leute hier sind Westernreiter. Wir haben sogar einige Turniercracks dabei. Patrick Wegwarth zum Beispiel, der ist bei den Junioren recht erfolgreich – vielleicht kennt ihr den ja aus der Schule?"

Helli runzelte die Stirn und schüttelte dann den Kopf. „Nein, nie gehört. Ich glaube nicht, dass der auf unsere Schule geht. Oder kennst du den, Kat?"

„Aus der Schule nicht", nuschelte Kat und spürte, wie ihr Gesicht heiß wurde. Fast schon verzweifelt suchte sie nach einem neuen Gesprächsthema, aber natürlich fiel ihr überhaupt nichts ein.

„Sondern?" Anne war aber auch wirklich neugierig!

„Hab ihn hier mal getroffen." Kat sah, wie Helli aufhorchte und wie dann das Verstehen wie eine hochgedimmte Lampe ihr Gesicht erhellte, als sie „Rick" und „Patrick" zusammenbrachte. Aber sie sagte nichts. Kat atmete auf – auf Helli war doch Verlass!

Anne schien das Thema sowieso glücklicherweise doch nicht so interessant zu finden. „Na, dann ... Okay, wir brauchen diesen und den da drüben mit dem roten Sattelpad drauf. Mögt ihr die Pads nehmen? Die Sättel sind sauschwer und ziemlich teuer, und wenn ihr sie fallen lasst, sind sie unter Umständen hin."

Kat zog die mexikanisch gemusterte Decke von dem ersten Sattel herunter. „Was kann denn da kaputtgehen?" Die Dinger waren doch schließlich aus Leder!

„Der Sattelbaum", erklärte Anne. „Da liegt nicht bloß Leder auf dem Pferderücken, sondern ein festes Gestell, das den Sattel formt und stabilisiert. Bei Westernsätteln ist der oft noch aus Holz, und wenn das runterknallt, kann es natürlich kaputtgehen."

„Ach so."

Kat musste schon das Pad mit beiden Händen halten, weil es schwerer war als gedacht. Seine dicke Polsterung machte es ganz steif. Von einer Sattel*decke* konnte man da wirklich nicht mehr sprechen. Dann sah sie dabei zu, wie Anne einen der beiden Sättel von seiner Halterung zog und mit beiden Armen vor dem Bauch festhielt. „So, dann kommt mal."

Sie folgten ihr aus dem Stall bis zum Anbindeplatz, den Kat schon von Moms Schweif-Waschaktion kannte. Dort standen zwei Pferde, die ihnen interessiert entgegenschauten. Sie waren beide nur mittelgroß, das eine war fuchsfarben mit einer breiten Blesse und das andere ... „Was ist das denn für eine krasse Farbe?", platzte Kat heraus.

Anne lachte. „Blue roan heißt das. Genauer gesagt: Blue varnish roan. Darf ich vorstellen: *CL Raining Smoke*. Aber ich nenne ihn Toast. Leg ihm mal bitte das Pad auf, Helli. Nee, andersherum."

Kat betrachtete Toast und musste grinsen. Der Spitzname passte wirklich gut – das Pferd sah tatsächlich aus, als hätte man es zu lange in einen Toaster gesteckt. An einigen Stellen war es fast schwarz, an anderen weiß und der Rest war irgendwie grau schattiert, aber wie ein Schecke sah es nicht aus. Am Hintern war die größte weiße Stelle und hier schmuggelten sich auch noch lustige Punkte ins Fell, die an Pippi Langstrumpfs „Kleiner Onkel“ erinnerten.

Anne warf den Sattel mit Schwung auf das Pad und ruckelte ein wenig daran herum, dann zog sie geübt den Gurt unter Toasts Bauch durch und schloss die Schnalle.

„Was ist das denn für eine Rasse?“, fragte Helli schüchtern.

„Ein reinrassiger Appaloosa. Und die Fuchsstute heißt Flora und ist ein Mix aus Irgendwas und einer Quarterhorse-Stute. Aber jetzt muss ich den zweiten Sattel und die Trensen holen, sonst ist meine Reitschülerin da, bevor ich fertig bin.“

„Ich komme mit“, sagte Helli, und bevor Kat sich versah, war sie mit den beiden Pferden allein. Aber das machte nichts. Sie drapierte das Pad über einen der Anbindebalken und wandte sich dann Toast zu. Vorsichtig trat sie an ihn heran und streichelte seinen mehrfarbigen Hals. Anders als Otto machte er keinerlei Anstalten, ihr seine Nase ins Gesicht zu stecken, das war zur Abwechslung ganz schön. Stattdessen schaute er sie die ganze Zeit freundlich an, während sie sein Fell kraulte.

„Na, da bestätigt sich ja wohl endgültig die Theorie: Das Pferdevirus ist eben doch ansteckend!“

Hastig zog Kat die Hand zurück. Anne kam mit dem zweiten Sattel grinsend ganz um die Ecke, gefolgt von einer selig lächelnden Helli mit je einer Trense über jeder Schulter. Kat nahm das gemusterte Sattelpad wieder auf, um es auf Floras Rücken zu legen.

Der Spruch beunruhigte sie ein wenig. War sie jetzt tatsächlich schon angesteckt? Würde sie bald anfangen, ihr Zimmer mit Pferdepostern vollzukleben, nur noch vom Reiten zu reden und sämtliche Pferdebücher ihrer Mutter zu lesen? Und bei jedem Western wie Mom Pferde und Reiter zu kommentieren? Nein, ganz bestimmt *nicht*. Man konnte ja wohl ein Pferd mal streicheln und nett finden, ohne gleich so pferdeverrückt wie Mom zu sein! Und überhaupt: Wenn sie nun schon mal reiten lernen musste, dann konnte es sicher nicht schaden, sich mit den Tieren, die einen dabei auf dem Rücken spazieren trugen, generell ein wenig anzufreunden. Das hatte mit „Pferdevirus“ nun wirklich nichts zu tun, sondern war einfach nur vernünftig.

Genau das sagte sie auch zu Helli, nachdem Anne mit ihrer Reitschülerin losgeritten war und sie sich zu ihren Fahrrädern aufmachten. „Und überhaupt: Reiten ist Sport und genau das ist es auch für mich. Und zwar einer von mehreren. Ich fahre nämlich auf jeden Fall weiter Inliner und in der Hockey-AG bleibe ich auch. Da haben wir nächste Woche übrigens ein kleines Spiel gegen die Lessingschüler. Und wenn da gleichzeitig hier irgendein Pferdefest wäre oder der Hufschmied käme oder sowas, dann würde ich da trotzdem mitspielen, das wäre mir dann nämlich wichtiger.“

„Hm“, machte Helli und fummelte an ihrem Fahrradschloss herum. Ihre Haare hingen ihr dabei wie ein Vorhang vor dem Gesicht.

„So ist es halt“, sagte Kat. „Reiten ist schon ganz nett, aber mein Lebensinhalt werden Pferde auf keinen Fall. Mehr als die eine Reitstunde in der Woche brauche ich da ehrlich nicht.“

Diesmal blieb Helli ganz stumm, sie schob nur die Haare nach hinten und stülpte den Fahrradhelm auf den Kopf.

Während sie losfuhren, fügte Kat hinzu: „Ich meine, man muss doch wohl nicht zwangsläufig Pferde als das Großartigste der Welt empfinden, wenn man reiten lernt, oder?“

„Hm“, machte Helli wieder und trat ein bisschen schneller in die Pedale.

„Hey, Wettrennen bis da vorne?“, schlug Kat vor.

„Keine Lust.“

Komisch, was war denn auf einmal in die gefahren? Kats Laune sank sofort auch um einige Stufen nach unten. Es war so ein schöner Nachmittag gewesen, warum verbreitete Helli jetzt so eine miese Stimmung? Sie schloss zu ihr auf. „Hey, was ist los?“

„Nix. Lass uns einfach nach Hause fahren, okay?“

Kat zuckte mit den Achseln. Gut, dann war es entweder wohl wirklich nichts weiter und morgen wäre alles wieder wie immer oder Helli wollte nicht darüber reden. Dann blieb ihr auch nur abzuwarten. Mehr als nachfragen konnte man ja nicht. Schweigend fuhren sie den Rest der Strecke nach Hause.

7. Kapitel

... in welchem Kat zum zweiten Mal reitet und Otto sich einen Spitznamen verdient.

Helli blieb ein bisschen komisch. Sie verbrachten zwar weiter ihre Schulwege und Pausen zusammen, unterhielten sich auch dabei, aber weder am Donnerstag noch am Freitag hatte sie nachmittags Zeit. Im Teenkreis war sie zwar eigentlich wieder ganz normal, aber als Mom Helli am Sonntag fragte, ob sie nachmittags wieder mit zu Otto kommen wolle, murmelte sie nur etwas von „Familientag“ und verdrückte sich. Alles Nachfragen half nicht, also beschloss Kat, wirklich einfach nur abzuwarten, bis ihre Freundin selbst damit herausrückte, und sich bis dahin nicht die Laune verderben zu lassen.

Zunächst einmal stand für Kat die zweite Reitstunde an und darauf freute sie sich schon richtig, auch wenn sie das weder Helli noch Mom gegenüber zugeben mochte.

Als sie am Montagnachmittag in sportlicher Schräglage auf dem Fahrrad den gepflasterten Weg um den letzten Stall herumkurvte, kam ihre Mutter ihr mit einem Sattel auf dem Arm entgegen. Kat bremste so heftig, dass die Reifen quietschten, und sprang ab.

Mom war hastig zur Seite getreten und drückte den Sattel vor die Brust. „Meine Güte, da kriegt man ja Angst. Kannst du nicht etwas gesitteter fahren?“

„Kann ich schon. Macht aber nicht so viel Spaß. – Und, passt er?“

Der Sattel, kein Westernsattel diesmal, war heute mit der Post gekommen, Mom hatte ihn gebraucht übers Internet bestellt. Finster schüttelte sie den Kopf. „Nix. Dabei sollte der doch extra für breite Rücken sein. Langsam fällt mir wirklich nichts mehr ein – ich kann doch keinen Maßsattel anfertigen lassen, wir sind schließlich nicht Krösus und Familie! Du musst deine zweite Reitstunde also wohl oder übel wieder ohne Sattel reiten. Aber so zu Anfang ist das gar nicht verkehrt, mit mir hat das Anne letztes Jahr auch gemacht, obwohl Flora schließlich einen Sattel hat. Da sitzt man unabhängiger und verlässt sich nicht so auf die Steigbügel. Mir tut das auch ganz gut. Aber auf Dauer ist es natürlich auch wieder nichts, schon allein für Ottos Rücken. – Ich bringe schnell den Sattel ins Auto, dann komme ich und helfe dir mit dem Trensen. Kannst ruhig noch ein bisschen putzen, ich hab eben nur so husch-husch die Sattellage gesäubert.“

Damit verschwand sie um die Ecke. Manchmal hatte man nach einer Begegnung mit Mom das seltsame Bedürfnis, sich den Redeschwall von der Jacke zu klopfen oder aus den Haaren zu schütteln!

Kat lehnte ihr Fahrrad an die Stallwand und schloss es ab. Mal sehen, wie es nachher sein würde, mit diesen Gummibeinen in die Pedale zu treten. Aber es blieb ihr nichts anderes übrig: Mom hatte einen Zahnarzttermin und konnte nicht auf sie warten. Langsam schlenderte Kat zu Otto hinüber, der schon wieder dösend an seinem Platz an der Anbindestange stand. Im Vergleich zu Toast, Flora und natürlich besonders zu Blue war Ottos Körper wirklich seltsam gebaut, das sah man sogar als Laie. Abgesehen von seinem dicken Bauch und dem viel zu kräftigen, kurzen Hals hatte er einen Kopf, der im Verhältnis zum Rest riesig wirkte, dazu kurze, dicke Beine und breite Hufe, die eigentlich zu einem größeren Pferd zu gehören schienen. Dafür hatte sein Fell diese hübsche Haflinger-Farbe, seine Mähne war dicht und kuschelig und leuchtete genauso wie der üppige Schweif elfenbeinfarben. Zumindest da, wo beide sauber waren. Kat trat neben ihn und streichelte seinen Hals, genauso, wie sie es vor ein paar Tagen bei Toast gemacht hatte. Otto blinzelte kurz, dann drehte er den Kopf und war schneller mit seinen weichen Lippen an Kats Jackentasche, als sie gucken konnte. Natürlich bei der Jackentasche, in die sie die Handvoll Leckerlis gesteckt hatte.

Kat lachte. „Na, du weißt schon, wo ich am interessantesten bin, was? Aber die gibt's erst nachher." Sie versuchte, die Nase vorsichtig wegzuschieben, aber da hatte sie keine Chance. Ein bisschen unheimlich wurde ihr die Sache jetzt schon, schließlich befanden sich hinter diesen weichen Lippen kräftige Zähne, also trat sie einfach selbst ein Stück zurück, sodass Otto sie wegen des Anbindestricks nicht mehr erreichen konnte. Stattdessen holte sie sich den Striegel und die Bürste und begann damit, das Fell zu bearbeiten. Um den Hintern machte sie einen großen Bogen, falls Otto auf die Idee kommen sollte auszuschlagen.

Sie war gerade auch mit der rechten Seite fertig, als Mom zurückkam. „So", sagte sie und strich sich unternehmungslustig die Haare hinter die Ohren, „dann mal los. – Übrigens solltest du dein Fahrrad eigentlich nur vorne an dem Ständer auf dem Parkplatz lassen. Hier sehen sie das nicht so gern. Aber jetzt brauchst du es nicht mehr wegzubringen."

„Okay." Kat nickte gehorsam und folgte ihrer Mutter in die Sattelkammer – der Geruch war einfach zu verlockend. Mom schloss ihren Spind auf, aus dem ihr gleich ein kleiner Eimer entgegengepurzelt kam. Kat hob ihn auf.

„An meinem Ordnungsprinzip muss ich noch ein bisschen feilen“, erklärte Mom entschuldigend, nahm die Trense von ihrem Haken und befreite die Zügel aus der verknüllten Decke, die sich darin verfangen hatte. „Hier, nimm schon mal.“

Während sie den Spind wieder abschloss, machte sich Kat mit der Trense auf nach draußen und kurze Zeit später trabte sie neben Mutter und Pferd zur Reithalle hinüber. Dabei schaute sie sich unauffällig um, aber Rick war wieder nicht zu sehen.

Anne wartete schon. „Viel Spaß beim Zahnarzt!“, rief Kat Mom nicht ohne eine gewisse Schadenfreude hinterher. Vor drei Wochen war sie selbst dran gewesen, da hatte Mom auch nicht viel Mitleid gezeigt.

Anne lachte. „Na, du bist ja nett.“ Kat zuckte nur mit den Achseln und grinste.

„Dann mal rauf mit dir.“ Ohne lange zu fackeln schob Anne Kat wieder am Schienbein aufs Pferd. Diesmal ging das schon ein wenig besser, schließlich wusste Kat, was sie erwartete.

„Heute führe ich dich noch mal, nächstes Mal versuchen wir es dann mit Alleine-Reiten. Longenunterricht machen wir lieber nicht. Otto hat sich an die Longenarbeit noch nicht recht gewöhnt und läuft immer wieder auf den Menschen am anderen Ende der Longe zu, statt im Kreis zu gehen. Ich möchte wissen, was seine ehemalige Besitzerin überhaupt mit ihm gemacht hat. Na, jedenfalls kann ich mich nicht gleichzeitig darauf konzentrieren, dir *und* dem Pferd was beizubringen.“

Kat nickte nur und rückte sich zurecht. Eine Runde gingen sie einfach nur so, dann wurde es anstrengend. Kat musste die Mähne loslassen, sich mit den Händen hinter den Kopf fassen, die Arme ausstrecken und schließlich – zum Glück nur auf dem stehenden Pferd – mit der rechten Hand möglichst tief ihr linkes Bein berühren und umgekehrt. Sie kam ganz schön ins Schwitzen dabei und die halbe Stunde verging wie nichts.

Vom Pferd herunter kam sie diesmal ein klein wenig besser.

Elegant sah es zwar sicher immer noch nicht aus, aber wenigstens fiel sie nicht fast auf die Nase. Sie blieb neben Otto stehen und streichelte seinen speckigen Hals – schließlich war er heute nicht einfach losgetrabt, das musste man lobend anerkennen.

Anne kratzte sich am Hals und zog eine kläglich-kritische Miene. „Du, meinst du, du kannst Otto selber rüberführen und abtrensen? Ich habe gleich noch eine Reitstunde ... Ich zeige dir noch mal, wo du gehen musst und wie du die Trense abnimmst. Glaubst du, du schaffst das alleine? Ganz ehrlich!"

Kat schaute Otto an, der schon wieder ein schläfriges Gesicht machte. Dann nickte sie. „Ja, wenn du mir das mit der Trense zeigst, klar."

„Prima." Erleichtert zeigte Anne ihr genau, wie sie sich links neben Otto halten und wie sie die über den Kopf genommenen Zügel halten sollte – mit der rechten Hand näher am Pferd und mit der linken den Rest und nicht um die Hand wickeln! Außerdem lernte sie, dass Ottos Kopf nicht vor ihre Schulter kommen durfte, weil das dann eine Respektlosigkeit seinerseits war. Während sie noch gezeigt bekam, wie sie die Trense abnehmen musste, kam schon ein Mädchen – etwas älter als Kat selbst – mit einem Rappen in die Halle. Anne nahm sich trotzdem die Zeit, bis zu Ende zu erklären, dann erst widmete sie sich ihrer nächsten Reitschülerin.

Kat holte tief Luft, nahm die Zügel und ging los. Widerstandslos folgte ihr Otto aus der Halle. Na also, ging doch gut.

***

Draußen empfing sie strahlender Sonnenschein. Otto trottete brav hinter Kat her und sie fühlte sich großartig. Hier ging doch tatsächlich sie, Katharina Meißner, mit einem Pferd durch den Frühling! Und irgendwie war ihr dieser Frühling so bewusst wie lange nicht mehr. Überall wuchs frisches Gras, die Hecken, die den Reitplatz eingrenzten, leuchteten in ihrem hellgrünen Laubkleid richtig und kleine gelbe Blumen streckten vorwitzig die Köpfe überall dort aus dem Boden, wo es ihnen gefiel. Und es gefiel ihnen an vielen Stellen!

„Schön“, sagte Kat – ob zu Otto oder zum Frühling, wusste sie selbst nicht genau – und schaute in den blauen Himmel hinauf. Otto nickte wie zur Bestätigung und dann drängelte er an Kat vorbei Richtung Stall.

„He!“ Kat stolperte ein paar Schritte mit, dann fiel ihr ein, dass der Kopf ihres Pferdes ja ihre Schulter nicht überholen sollte, und sie ruckte ein wenig an den Zügeln. Tatsächlich blieb Otto stehen und schaute sich nach ihr um. Fast konnte sie den Vorwurf in seinem Blick lesen: Na, wenn du nicht in die Hufe kommst ...

„Bin ja schon unterwegs“, murmelte Kat und bemühte sich, mit Otto so Schritt zu halten, dass ihre Schulter auch tatsächlich wenigstens neben seinem Kopf war. Na also, ging doch. Auch wenn es etwas anstrengend war und sie den leisen Verdacht nicht loswurde, dass das nicht das war, was Anne gemeint hatte.

Aber immerhin kamen sie so ohne Probleme bis zum Stall.

Jedenfalls fast.

Hinter den Büschen, die wohl einmal eine Hecke werden sollten und den Eingang zum hintersten Stall vom Sattelplatz des mittleren trennten, waren leise Stimmen und Pferdegeräusche zu hören. Als Sichtschutz funktionierten die Pflanzen schon ganz gut, aber man konnte noch zwischen ihnen hindurchschlüpfen, das hatte Kat schon beim Herumstromern auf dem Gelände ausprobiert. Ottos Ohren zuckten und er schaute so aufmerksam dort hinüber, als könne er durch die Möchtegern-Hecke hindurchsehen. Kat ließ ihn gewähren. Sollte er ruhig gucken, dann konnte sie sich in Ruhe überlegen, wie sie es hinbekommen sollte, die nach außen aufschwingende Tür zu öffnen, während das Pferd davorstand. Gerade als sie beschlossen hatte, es einfach zu versuchen und zu hoffen, dass Otto schon ausweichen würde, wenn die Tür auf ihn zukam, spürte sie plötzlich, wie ihr die Zügel durch die Hände gerissen wurden. Erschrocken schrie sie auf und bekam gerade noch das Ende des rechten zu fassen. Otto hatte sich umgedreht und strebte mit energischen Schritten geradewegs auf die Büsche zu.

„Hey, was machst du denn!“, rief Kat und zog am Zügel, um ihn zu stoppen. Aber diesmal half das gar nichts. Otto ruckte einfach einmal heftig mit dem Kopf und auch der eine Zügel rutschte endgültig durch Kats Hände. Fassungslos beobachtete sie, wie Otto mit erhobenem Kopf, die Brust zuerst, durch die Hecke brach. Für ein vierzehnjähriges Mädchen waren die Lücken zwischen den Sträuchern breit genug – für einen übergewichtigen Haflingermix waren sie es definitiv nicht. Äste splitterten, Blätter segelten zu Boden, und als er auf der anderen Seite angekommen war, war die Lücke mindestens doppelt so groß wie zuvor.

Kat hechtete hinterher.

„Du liebe Güte“, hörte sie auf der anderen Seite jemanden mit einem unterdrückten Lachen sagen. „Wer hat denn die Dampfwalze losgelassen?“

Otto war stehengeblieben – logisch, die Anbindestangen konnte er wohl nicht so einfach plattwalzen. Kat schlüpfte an seinem dicken Hintern vorbei und hoffte, dass er nicht ausschlagen würde, wenn sie so von hinten kam, denn das sollte man ja eigentlich nicht machen – aber was blieb ihr anderes übrig?

Das Blut rauschte immer noch in ihren Ohren vor Schreck. Sie griff nach den am Boden schleifenden Zügeln – Gott sei Dank war Otto da weder draufgetreten, noch hatten sie sich in den Ästen verfangen. Dann erst schaute sie auf – und hätte sich am liebsten sofort in Luft aufgelöst. Dort auf dem Sattelplatz hockte lässig auf einer der Anbindestangen niemand anderes als Rick. Ausgerechnet.

Hinter ihm stand ein blondes Mädchen bei einem braunen Pferd mit Westernsattel und lachte so, dass sie sich an der Anbindestange festhalten musste. „Dampfwalze!“, presste sie zwischendurch hervor, bevor das glucksende Kichern ihr dafür wieder die Luft nahm.

Kat spürte, wie ihr Gesicht heiß wurde. Konnte es nicht bitte irgendwo das berühmte Loch im Boden geben, in dem sie versinken konnte? Und zu allem Überfluss wusste Rick jetzt auch noch, auf was für einem Pferd sie reiten lernte: auf einer Dampfwalze namens Otto. Sie sah den stirnrunzelnden Blick, mit dem er zuerst sie und den zufrieden mit sich und der Welt dastehenden Otto betrachtete.

„Hey, dich hab ich doch neulich hier kennengelernt“, sagte er schließlich, während das Mädchen hinter ihm immer noch kicherte. „Sag mal – das ist doch keins von Annes Schulpferden?“

„Nee“, brachte Kat heiser hervor. „Er gehört meiner Mutter.“

„Oh.“ Jetzt war eindeutig so etwas wie skeptisches Mitleid in seinem Gesicht zu erkennen.

Das war nun wirklich das Letzte, was Kat da sehen wollte. Sie räusperte sich und versuchte, Otto umzudrehen, aber er stand wie ein Denkmal. Was wollte er denn überhaupt hier? Na, eigentlich war es ihr egal. Sie ruckte noch einmal kräftig am Zügel. Otto warf den Kopf hoch und legte die Ohren an.

„Stopp! So wird das nix mit euch beiden.“ Rick rutschte von seinem Balken herunter. „Na, Pony“, sagte er zu Otto und strich ihm einmal sanft über den Hals. Dann nahm er Kat die Zügel aus der Hand und ging einfach los – und Otto folgte ihm wie ein Entenküken der Mutter um die Büsche herum. Kat schlurfte mit einer Mischung aus Wut, Scham und Rick-Kribbeln im Bauch hinterher und fragte sich, ob sie nach dieser Blamage überhaupt noch mal hierherkommen oder lieber in Zukunft jeden Kontakt zu diesem Stall, diesem Pferd und diesem tollen Jungen meiden wollte.

„Hey, Kat!“ Na, immerhin hatte er sich ihren Namen gemerkt. „Los, komm, du musst ihn das letzte Stück unbedingt noch mal selber führen, sonst gewöhnt ihr euch dran, dass er sagt, wo es langgeht.“

Widerwillig trat Kat neben Ottos Kopf und ließ sich die Zügel in die Hand drücken.

„Du musst wissen, was du willst, dann folgt er dir auch. Es kommt nicht darauf an, ihm durch Anschreien oder Rucken am Zügel zu zeigen, wer der Boss ist, sondern indem er spürt, dass du den Durchblick hast und weißt, wohin du willst.“

Kat atmete tief durch und ging los, ohne zu Rick hinüberzusehen. Aber er hatte recht: Wenn sie Otto jetzt nicht alleine in die Box brachte, würde sie vermutlich sich selbst nie wieder im Spiegel anschauen können. Von Rick ganz zu schweigen.

Ich will jetzt in den Stall und du kommst mit, du Mistvieh, dachte sie. Wenn nicht Rick neben ihr gegangen wäre, hätte sie es auch ausgesprochen. Und tatsächlich, es klappte. Rick öffnete die Stalltür und Otto folgte ihr willig bis in seine Box.

Ihm die Trense abzustreifen war dagegen weniger schwierig als gedacht.

Rick stand immer noch vor der Box und betrachtete Otto mit hochgezogenen Brauen. „Was ist er eigentlich für ’ne Rasse? Kein reiner Haflinger, das ist klar. Aber was um alles in der Welt ist da noch drin?“

„Keine Ahnung“, presste Kat zwischen den Zähnen hervor. „Ich glaube, das weiß keiner so genau. Ist mir auch egal. – Lässt du mich jetzt raus, oder was?“

Rick grinste und trat von der Boxentür weg. Konnte er nicht

einfach weggehen und sich draußen weiter mit dieser Tussi kaputtlachen? Mit gesenktem Kopf schlüpfte Kat hinaus und machte sich auf den Weg zur Sattelkammer, um die Trense wegzubringen, damit sie sich auf ihr Fahrrad schwingen und nach Hause radeln konnte, um nie, nie wieder herzukommen.

„He“, sagte er hinter ihr und dann legte er ihr die Hand auf die Schulter. Kat blieb wie angewurzelt stehen. „Hör mal, sorry für die ‚Dampfwalze‘ und dass ich mich schlappgelacht habe. Aber das sah einfach zu komisch aus, wie plötzlich dieses dicke Pony die Hecke planiert hat. Ging ja nicht gegen dich. Ich hoffe, du bist mir nicht böse.“

Seine Hand wurde immer wärmer auf Kats Schulter, während sie „Nee, natürlich nicht“ murmelte, und auf einmal dachte sie, dass sie vielleicht doch wiederkommen würde.

8. Kapitel

... enthält eine Herde Wildpferde, Frühlingsjubel und eine Gruppenreitstunde mit pferdigem Seitensprung.

„Na, was sagst du zu meiner Auflaufkreation?"

Kat nickte mit vollem Mund. „Fön viel Käwe!"

Mom runzelte die Stirn. „Schön viel was? Ach so, Käse. Du, nachher kommen die Pferde zum ersten Mal für zwei Stunden auf die Koppel. Willst du mit?"

Kat schluckte den Auflauf hinunter. „Klar!" Der Deutsch-Aufsatz konnte schließlich gut bis heute Abend warten. „Kann ich Helli fragen, ob sie auch mitkommen möchte?"

„Na, sicher! Davon war ich jetzt eigentlich ausgegangen."

Nach dem Essen rief Kat bei Abels an. Wieder einmal war Johann am Telefon. Kat verdrehte unwillkürlich die Augen. Hellis kleiner Bruder war zehn und eine furchtbare Nervensäge. „Hallo, hier ist Kat, könnte ich mal Helli sprechen?"

„Nein", erklärte Johann, „Helli macht gerade Hausaufgaben."

„Kannst du sie nicht trotzdem holen? Die Pferde werden heute auf die Koppel gebracht, da möchte sie doch bestimmt dabei sein!"

„Pff, was Mädchen immer mit diesen Gäulen haben ... Moment", sagte er und legte den Hörer neben das Telefon. Einen

Augenblick später war Helli dran. „Hör mal, ich kann jetzt echt nicht, der Deutschaufsatz ist ganz schön knifflig und danach muss ich meiner Mutter noch im Garten helfen."

„Ach Mann, wie doof! Kannst du dich da nicht irgendwie loseisen? Das ist doch heute was Besonderes!"

„Erklär das mal meiner Mutter", sagte Helli düster. „Fährst du denn mit?"

„Ja, sicher. Soll ich Fotos machen?"

„Hm", machte Helli zustimmend. „Das wäre schön."

„Ich bin ja mal gespannt, ob Rick auch dabei sein wird ... Aber ich denke schon. Schließlich wird er doch sicher seinen Blue nicht von irgendjemand anderem zum ersten Mal auf die Weide bringen lassen oder was meinst du?"

„Keine Ahnung, ich kenne den doch gar nicht."

„Stimmt. Na, ich hoffe jedenfalls, dass er da ist, sonst lohnt sich das Hinfahren gar nicht so richtig, außer dass ich für dich ein paar Bilder mache natürlich."

„Hm", machte Helli, diesmal unbestimmt. „Du, ich muss jetzt zu meinem Aufsatz zurück. Bis morgen!"

Na, das war aber ein plötzlicher Gesprächsabbruch. „Bis morgen", sagte Kat irritiert, dann knackste es in der Leitung und Helli hatte aufgelegt. Warum nur war sie in letzter Zeit so merkwürdig?

Zehn Minuten später saßen sie im Froschauto. Während sie aus dem Fenster schaute, fiel Kat etwas wieder ein, was sie eigentlich schon lange hatte fragen wollen. „Du, Mom?"

„Hm?"

„Sag mal, warum kommen die Pferde eigentlich erst jetzt auf die Weide? Und warum nur für zwei Stunden? Das Wetter ist doch schon seit Wochen schön und frisches Gras gibt's auch schon lange – stattdessen hängen sie immer noch in Dreiergrüppchen abwechselnd auf diesem kahlen Auslauf rum."

„Weil das Gras im Frühjahr sehr gehaltvoll ist. Und die Pferde sind das nicht mehr gewöhnt – das ist ungefähr so, als wenn du zwei Wochen lang nur Zwieback, Kartoffeln und Möhren gegessen hast und dir dann ein großes Schnitzel in Sahnesoße und vier Stücke Buttercremetorte reinstopfst. Das macht dein Verdauungsapparat nicht mit. Und Pferde sind da noch viel empfindlicher. Wenn man sie einfach so gleich für lange Zeit auf eine Koppel mit frischem Gras schickt, können sie ganz leicht Koliken und Hufrehe und andere Krankheiten kriegen."

„Ach so." Nicht nur das Reiten war offenbar komplizierter, als man als Außenstehender meinte. Um zu begreifen, dass Kat eben nicht in ein paar Wochen neben Rick durch den Wald galoppieren würde, hatten schon zwei Reitstunden gereicht. Aber das machte nichts. Es war fast merkwürdig – eigentlich freute sie sich gerade deswegen darauf, es zu lernen. Aber Herausforderungen hatte sie ja auch schon immer gemocht. Außer in Deutsch, aber den Gedanken an die Hausaufgaben, die zu Hause noch auf sie warteten, schob sie lieber weiter weg.

Außerdem waren sie inzwischen sowieso am Stall angekommen.

„Hier, halt mal", sagte Mom und drückte Kat einen Sack Futter in den Arm, während sie das Auto abschloss.

Kat ging unwillkürlich ein wenig in die Knie und ächzte. Das Ding hatte gar nicht so schwer ausgesehen!

„Na, schwaches Kind!" Mit einem gespielt mitleidigen Blick nahm Mom ihr den Papiersack ab. Kat streckte ihr die Zunge heraus und hüpfte auf einem Bein voraus zum Stall.

Direkt vor dem Eingang trafen sie auf Anne. „Na, auch schon wieder hier?", fragte sie grinsend und zwinkerte Kat zu.

Kat beschloss, nicht auf den leichten, wenn auch freundlichen Spott in ihrer Stimme einzugehen. „Otto in der freien Natur kann ich mir ja wohl nicht entgehen lassen. Schließlich kenne ich ihn nur im Stall oder im Matsch rumstehend."

„Ja, da bin ich auch gespannt, wie er sich in die gesamte Herde einfügen wird. Bisher war er ja nur mit seinen Nachbarn zusammen."

Mom kaute auf ihrer Unterlippe herum. „Glaubst du, das wird klappen?"

„Klar. Mach dir keine Sorgen. Wir bleiben auf jeden Fall eine Weile dabei. Aber ich glaube nicht, dass es Probleme geben wird."

Sie verschwanden im Stall, nur Kat blieb noch ein wenig in der Sonne stehen. Es war so herrlich Frühling, dass man das ausnutzen musste. Einen Moment lang schloss sie die Augen und genoss die Wärme im Gesicht. Als sie sie wieder öffnete, sah sie Rick mit Blue von der Reithalle kommen. Beinahe hätte sie ihm zugewinkt, aber er schaute gar nicht in ihre Richtung. Ein Glück – das wäre ja wohl total peinlich gewesen. Eigentlich war es sowieso viel besser, ihm und seinem tollen Pferd aus der Entfernung zuzusehen. Erst als die beiden um die Ecke des vorderen Stalles gebogen waren, folgte Kat mit einem warmen Gefühl auf der Haut und im Bauch Mom und Anne in den Stall. Beide waren nicht zu sehen, also ging Kat direkt zu Ottos Box hinüber.

Als sie hineinschlüpfte, hing Anne halb unter Ottos Bauch und begutachtete eine kleine Schwellung, was das Pony mit einem unbeschreiblich irritierten Blick beobachtete. Kat grinste und stellte sich dazu. Nein, doof war das Vieh echt nicht und sie stellte fest, dass sie ihm die Blamage am Montag nicht wirklich übelnehmen konnte. Vielleicht waren daran auch diese dunklen Mädchenaugen unter den langen, rötlichen Wimpern schuld, mit denen er so unschuldig in die Welt guckte. Kat kraulte seine Stirn und entdeckte dabei einen kleinen weißen Fleck, der normalerweise immer unter der Stirnlocke verborgen war. Auf einmal senkte er den Kopf und begann, sich an ihrem Arm zu reiben. „He, ich bin doch kein Kratzbaum!"

„Lass das, Otto", sagte Anne knapp und gab ihm einen

Klaps. Otto nahm den Kopf hoch und schaute sich vorwurfsvoll nach ihr um. „Das solltest du nicht zu oft durchgehen lassen, das macht man nämlich nur bei rangniederen Pferden. – Also, Silke, das ist ein ganz simpler Bremsenstich, der geht von allein wieder weg. Erst wenn das größer werden sollte, musst du den Tierarzt rufen. Und jetzt müssen wir uns beeilen, die anderen warten bestimmt schon. Möchtest du mir helfen und eins von meinen Pferden auf die Koppel bringen, Kat?"

Kat dachte an die plattgewalzten Sträucher und daran, wie Otto sie über den Hof gezogen hatte, und zögerte.

„Ich verspreche dir, dass sowohl Toast als auch Flora sich mustergültig benehmen werden. Die sind auch beide heute schon im Gelände gewesen und dürften einigermaßen müde sein, also keine Sorge." Anne konnte offenbar Gedanken lesen.

„Okay." Entschlossen folgte Kat ihrer Reitlehrerin zu Flora und Toast, die nebeneinander etwas näher am Ausgang standen. Anne drückte ihr ein rotes Halfter in die Hand. Ob das diesmal besser klappen würde? Mit ein wenig Herzklopfen betrat Kat die Box. Toast streckte ihr die gemusterte Nase entgegen und ließ sich auch die Stirn kraulen. Dann stellte sich Kat mit dem Halfter neben seinen Kopf und versuchte sich an die Anweisungen ihrer Mutter zu erinnern. Aber das war gar nicht nötig, denn Toast steckte doch wahrhaftig den Kopf von selbst in sein Halfter! Kat brauchte nur noch den oberen Riemen über die Ohren zu schieben und den Haken zu schließen.

„Können wir?", fragte Anne von draußen. Sie stand mit Flora schon auf dem Gang und öffnete die Boxentür für Kat. „Und denk dran: rechts halten, links den Rest vom Strick, und niemals um die Hand wickeln!"

„Okay", sagte Kat wieder. Dann ging sie los und Toast folgte ihr. Mom wartete mit Otto schon ein Stück weiter hinten und gemeinsam verließen sie den Stall, Kat und Toast in der Mitte. Anders als sonst bogen sie jetzt vor dem Stall nach rechts ab, in

Richtung Wald und Koppeln. Die weite Wiesenfläche war mit einem grau verwitterten Holzzaun umgrenzt, hinter dem weiße Stromlitze hervorblitzte. Tatsächlich waren es allerdings zwei Weiden, zwei lange Streifen, zwischen denen ein Gang verlief. Beide Flächen waren noch einmal durch Stromlitze in mehrere kleinere Parzellen aufgeteilt. Toast ging friedlich, wenn auch ein wenig aufgeregt hinter Kat her, während sie den Gang entlangliefen. Seine gespitzten Ohren zuckten hierhin und dorthin und er schaute sich aufmerksam um.

„So", sagte Anne schließlich. „Hier ist unsere."

Auf der Weide liefen schon vier andere Pferde herum. Anne öffnete das Tor und sie führten die Pferde hinein. Toast begann zu tänzeln, wobei Kat ein bisschen mulmig zumute wurde.

„Dreh einen Halbkreis mit ihm!", rief Mom ihr zu. „Mit dem Gesicht zum Eingang bleibt ihr stehen und dann nimmst du ihm das Halfter ab."

Das war nicht ganz einfach, weil Toast die ganze Zeit den Kopf nach den anderen Pferden drehte, aber schließlich gelang es ihr, ihm das Halfter abzustreifen. Augenblicklich trabte er davon, Flora hinterher. Otto folgte etwas langsamer.

„Komm", sagte Anne. Vor der Weide blieben sie stehen und lehnten sich auf den Holzzaun. Die Pferde beschnupperten sich kurz und begannen dann zu toben. Anders konnte man das wirklich nicht bezeichnen. Sie jagten sich, galoppierten herum, buckelten, stiegen, schlugen aus und wirkten fast wie eine Herde Wildpferde in der Prärie.

Gut, abgesehen von Otto vielleicht. Aber sogar der entwickelte eine für seine Verhältnisse ungeahnte Energie und galoppierte und buckelte länger, als Kat ihm das zugetraut hätte.

„Schön", seufzte sie.

Nach einer Weile ließ sie Mom und Anne stehen, die noch eine Zeit lang beobachten wollten, ob sich Otto auch wirklich gut in die Herde einfügte, und schlenderte ein Stück weiter.

Rick sah sie zwar nicht mehr, aber das störte sie erstaunlich wenig. Sie atmete die frische Luft ein und war rundherum glücklich. Überall tummelten sich Wildpferde auf den Frühlingskoppeln. Es war deutlich mehr Gewieher zu hören als sonst und die herumspringenden Pferde im Sonnenschein, das grüne Gras und die frisch belaubten Bäume und Büsche, die auf den Weiden und vor allem dahinter wuchsen, machten Kat so kribbelig lebendig, dass sie am liebsten mitgerannt wäre.

Nur schade, dass Helli nicht dabei war.

***

Kat lag auf dem Bett und blätterte ein wenig lustlos in ihrem Bibelleseplan. Sie hatte wieder mal mehrere Tage nicht hineingeschaut und nun fehlte ihr völlig der Zusammenhang, aber mehrere Seiten Bibeltext auf einmal wollte sie jetzt auch nicht lesen. Vielleicht sollte sie einfach wenigstens die erklärenden Texte im Plan überfliegen. Sie hatte schon wieder ein ganz schlechtes Gewissen. Eigentlich ja blöd, im Grunde sollte man das doch gerne machen, wenn man Christ war, oder? Schon komisch. Warum las sie eigentlich mehr oder weniger regelmäßig in der Bibel, wenn es so langweilig war, dass sie immer keine Lust darauf hatte? Direkt verlangen tat es schließlich niemand von ihr, aber es gehörte eben zum Christsein dazu.

Unten klappte die Haustür. Mom kam zurück. Als Kat vorhin von der Schule nach Hause kam, hatte sie nur einen Zettel vorgefunden. Es hatte eine ganze Weile gedauert, bis sie das Gekrakel als „Bin am Stall, Essen im Kühlschrank, blaue Dose" entziffert hatte.

Na, jetzt lohnte es sich sowieso nicht mehr, sich noch mit dem Text zu beschäftigen. Mom würde bestimmt gleich hochkommen, um die neuesten Otto-Neuigkeiten loszuwerden. Die Pferde waren nun schon anderthalb Wochen auf der Koppel und Otto hatte sich längst in die Herde eingefügt. Trotzdem fand Mom immer wieder Interessantes zu beobachten, das sie dringend erzählen musste. Kat schob die Bibel beiseite und las die Comics, die auf jeder zweiten Seite den Bibelleseplan auflockerten, bis Mom an die Tür klopfte und hereinkam, ohne auf eine Reaktion ihrer Tochter zu warten. Es war hoffnungslos, sie darum zu bitten.

„Er passt!"

Kat klappte den Bibelleseplan zu und schob ihn zusammen mit der Bibel in ihr Nachtschränkchen. „Wer passt?"

„Der neue Sattel. Hab ich das nicht auf den Zettel geschrieben? Der baumlose Sattel ist vorhin angekommen und der scheint jetzt tatsächlich endlich richtig auf Ottos Rücken zu liegen und nirgends zu drücken! Was natürlich auch logisch ist, schließlich hat er keinen Baum und passt sich dadurch besser an. Ich hoffe bloß, dass Otto damit auch gut klarkommt."

Kat schwang die Beine aus dem Bett. „Super! Dann kann ich nachher ja endlich mal mit Sattel reiten!"

Mom verzog die Stirn in bedauernde Dackelfalten. „Das wird leider nicht gehen, wir wollen das erst mal noch ein bisschen beobachten und es wäre für deine Reitstunde ja nicht so super, wenn Otto sich doch unwohl fühlt. Nächstes Mal, okay?"

„Na schön." Kat seufzte, aber Otto war nun mal Moms Pferd. Naja, einmal mehr ohne Sattel war vermutlich nicht verkehrt. Sie fühlte sich inzwischen schon deutlich sicherer, die dritte Reitstunde am Montag vor einer Woche war richtig gut gewesen, sie war sogar ein Stück getrabt, ohne herunterzurutschen. Bloß das mit den Zügeln war schwieriger als gedacht, aber fürs Erste hatte Anne ihr gesagt, sie solle einfach so tun, als wäre sie schon ein richtiger Westernreiter, und die Zügel eher etwas durchhängen lassen, bis sie ihr eigenes Gleichgewicht gefunden hatte.

Mom riss sie aus ihren Gedanken. „Ach so, Anne hat mir

gesagt, dass du nachher deine erste Gruppenreitstunde haben wirst, zwei andere Mädchen mussten den Termin verschieben. Die beiden sind zwar schon etwas weiter als du, aber nicht gar so viel, und Anne meint, das passt. Die eine hat schon ein eigenes Pferd, einen reinrassigen Quarter. Den Namen habe ich jetzt vergessen."

Kat grinste breit. „Von dem Mädchen oder von ihrem Pferd?"

„Beides", erwiderte Mom ungerührt. „Wobei ich glaube, der Pferdename fing mit P an. Ist ein ganz hübscher Brauner."

Kat musste lachen. „Oh Mann, Mom! Also, ein bisschen verrückt bist du ja echt. Aber ich hab dich trotzdem lieb." Sie hüpfte vom Bett und küsste ihre Mutter auf die Nasenspitze.

„Das beruhigt mich. – Sag mal, wenn du so vor mir stehst ... Hast du mich größenmäßig etwa schon eingeholt?"

„Japp", bestätigte Kat zufrieden. „Ich glaube, ich bin sogar schon größer als du."

„Na, dafür haben dein Vater und ich schließlich auch geheiratet, damit unsere Kinder eine gute Zwischengröße kriegen. Macht nichts, Otto ist ja nicht so klein, dass er dich nicht mehr tragen könnte, wenn du noch weiter in die Höhe schießen solltest."

„Du denkst echt immer nur an das eine." Erst nachdem die Worte heraus waren, fiel Kat auf, dass der Spruch normalerweise für etwas anderes benutzt wurde, und sie begann zu kichern.

„Nein, was bist du albern. Es ist übrigens schon kurz vor drei, du musst langsam los!"

Kat warf einen Blick auf ihre Uhr. Tatsächlich! Rasch begann sie, ihre Sachen zusammenzusuchen.

„Viel Spaß! Und nächste Woche geht es dann hoffentlich mit Sattel. Da komme ich auch wieder mit." Damit verließ Mom das Zimmer.

Kat zog sich rasch um, schnappte sich den Reithelm und holte ihr Fahrrad aus dem Keller. Während sie durch den Nieselregen strampelte, merkte sie, wie sich in ihr ein freudiges Kribbeln ausbreitete. Kam das daher, weil die Möglichkeit bestand, Rick am Stall zu begegnen? Nein, seltsam, an Rick hatte sie jetzt schon lange nicht mehr gedacht. Was also dann?

Es war nicht Rick, es war eher das Gefühl, auf dem Pferd zu sitzen. Und der ganze Rest.

Vor Verblüffung ließ Kat beinahe den Lenker los. Ja, tatsächlich, es war tatsächlich einfach die Reitstunde, auf die sie sich freute! Na so was ... War also das Pferdevirus doch ansteckend?

„Quatsch!", sagte Kat laut. Es machte einfach nur Spaß. Aber dann ... Ein neuer Gedanke kam ihr auf einmal in den Kopf: Dann wollte sie es auch richtig lernen, das mit dem Reiten. Und nicht immer bloß auf Moms merkwürdigem, wenn auch irgendwie doch knuffigem Pony herumeiern. Entschlossen trat sie fester in die Pedale.

Anne war schon im Stall und sattelte Toast wegen des Wetters in der Stallgasse. Lässig winkte sie Kat über den Rücken des Wallachs zu. „Hi!"

„Auch hi", sagte Kat. „Sag mal, satteln deine anderen Reitschüler eigentlich ihre Pferde nie selber?"

Anne lachte. „Doch, normalerweise schon. Aber Debbie hat heute lange Schule und schafft es gerade so zu diesem Termin, darum helfe ich ihr."

Debbie? Jetzt wusste Kat wenigstens, mit wem sie es hier zu tun hatte: Debora Scherling war eine Klasse über ihr, trug raspelkurze Haare und ein Nasenpiercing und war einfach nur cool. Mit ihr zusammen in einer Reitstunde? Super! Aber dann auch wirklich mit Sattel und allem.

„Du, Anne? Könnte ich heute vielleicht ausnahmsweise mal auf Flora reiten? Ich zahle das Geld vom Taschengeld drauf. Aber schon wieder ohne Sattel und so – und dann in der Gruppenstunde, wo du auch auf die anderen gucken musst ..."

Anne schaute sie mit leicht angehobenen Augenbrauen an.

„Meinetwegen okay. Flora ist heute noch nicht gegangen. Aber wir würden das auch mit Otto hinkriegen."

Kat zog es vor, das Gespräch nicht weiter auszuführen. „Wo ist ihr Halfter?"

Anne zeigte es ihr und half beim Satteln, dann gingen sie in die Halle hinüber. Ein Mädchen mit schulterlangen blonden Haaren und dramatischem Augen-Make-up versuchte gerade einigermaßen erfolglos, auf ein dunkelbraunes Pferd mit auffallend glänzendem Fell aufzusteigen, das nicht ruhig stehen bleiben wollte.

„Schick ihn ein paar Schritte zurück, wenn er zappelt, Lara! Ja, so. Noch einen. Und jetzt ruhig aufsteigen, nicht zögern, nicht unsicher werden, aber auch nicht hasten. – Siehst du, geht doch. Prima!" Anne führte Toast in die Mitte der Halle, ließ die Zügel vor ihm auf den Boden fallen und kehrte zu Kat zurück, um Floras Sattelgurt noch einmal nachzuziehen. „Pinch ist noch ziemlich jung und unerfahren. Laras Eltern hätten ihr lieber ein älteres Pferd kaufen sollen, das ihr noch was beibringen kann, aber es muss ja immer ein junges, ‚unverbrauchtes' sein." Sie schüttelte den Kopf und trat auf Floras andere Seite. „So, ich halte dir mal gegen, damit der Sattel nicht rumrutscht und es für dich und für Flora etwas angenehmer ist. Du stellst jetzt einfach den linken Fuß in den Steigbügel, hältst dich mit der linken Hand am Sattelhorn und mit der rechten am Cantle fest – ja, genau, die Erhöhung da hinten, und dann stößt du dich ab und schwingst dich rauf. Und nicht in den Sattel plumpsen, sondern weich reingleiten lassen."

Kat steckte den Fuß in den breiten, lederummantelten Steigbügel, was schon mal gar nicht so einfach war. Flora war zwar nicht riesig, aber doch größer als Otto, und der Steigbügel hing so wahnsinnig hoch! Das Aufsteigen geriet nicht allzu elegant, aber immerhin schaffte sie es, sich vorsichtig in den Sattel zu setzen.

„Prima“, sagte Anne und reichte ihr die Zügel.

In diesem Moment kam Debbie in die Halle gestürmt. „Hallo Anne! Puh, das war echt stressig. Also, jede Woche mach ich das nicht. Hi, Lara! Und du bist doch Kat, oder? Aus der Achten? Cool, dass du auch hier reitest!“ Damit war sie bei Toast angekommen und schwang sich zwar geschickter, aber auch nicht übermäßig elegant in den Sattel. Kat sah es mit einem Gefühl von Befriedigung.

Die Reitstunde machte sehr viel Spaß. Zu dritt zu reiten war eigentlich gar nicht so schlecht. Lara schien wirklich okay zu sein, Debbie war genauso flippig und witzig, wie man in der Schule immer mitbekam, und Anne schaffte es ohne Probleme, alle drei im Auge zu behalten und jedem etwas beizubringen. Kat durfte heute Leichttraben lernen – was nicht wirklich klappte, sie bekam den Rhythmus einfach nicht auf die Reihe. Aber Anne sagte, das ginge jedem zu Anfang so und Kat würde es auch noch lernen.

Flora jedenfalls war ein Schatz. Sie ging ungerührt ihre Runden und trabte unverdrossen weiter, solange Anne das wollte – egal, was Kat auf ihrem Rücken veranstaltete. Natürlich war es nicht Kat, die ihrem Pferd sagte, wo es langging, aber solange sie diese Aufsteherei übte, war ihr das ja nur recht. Floras Schritte fühlten sich auch ganz anders an als Ottos. Oder lag das am Sattel?

Als sie Flora hinterher zurück zum Stall führte, merkte sie schon bei jedem Schritt, wo sie in den nächsten Tagen einen ordentlichen Muskelkater bekommen würde. Aber Muskelkater waren Schmerzen, die man irgendwie gerne ertrug, weil sie einem anzeigten, dass man etwas geschafft hatte.

Beim Absatteln stand Anne zwar dabei und gab ihr Hinweise, aber letztlich durfte Kat es alleine machen. Der Sattel war so schwer, dass sie beim Herunterheben ein bisschen in die Knie ging, aber fallen ließ sie ihn nicht. Stolz schleppte sie ihn hinter Debbie mit Toasts Sattel her durch die Stallgasse zur Sattelkammer hinüber. Dabei kam sie an Ottos Box vorbei, die im Moment natürlich leer war, die Pferde standen inzwischen ja den größten Teil des Tages auf der Weide. Trotzdem bekam sie ein merkwürdiges Gefühl, als sie die Tür sah. Auf einmal kam sie sich irgendwie vor wie ein Verräter. Da ging sie – mit Floras Sattel anstatt mit Ottos, der doch in gewisser Weise zur Familie gehörte! Naja, mit seinem Sattel konnte sie ja nun mal noch nicht gehen, aber trotzdem.

Ein bisschen so musste sich Fremdgehen anfühlen. Gut, mit dem klitzekleinen Unterschied, dass es Otto vermutlich wurscht war, ob sie auf ihm oder auf Flora ihre Reitstunden nahm. An dem komischen Gefühl änderte das aber auch nichts.

Und was Helli wohl dazu sagen würde?

9. Kapitel

... enthält Freundschaftssorgen, Mähnenkraulen, eine zickige Stute und plötzliche Erkenntnisse.

Als Helli am nächsten Morgen klingelte, um Kat zur Schule abzuholen, war diese sich immer noch nicht sicher, wie sie ihr die Sache mit Flora erklären sollte, wenn sie nach der Reitstunde fragte. Aber dann kam die erwartete Frage „Wie war's gestern?“ gar nicht.

„Hast du die Englisch-Hausaufgaben gemacht?“, fragte Helli sofort, nachdem sie sich zur Begrüßung umarmt hatten.

„Ja, klar“, sagte Kat verwundert. Das war ja noch keinen Dienstag vorgekommen!

„Ich fand den Lückentext ja ausnahmsweise richtig spannend. Also, irgendwann komme ich mal nach London, das hab ich mir fest vorgenommen. Spätestens nach der Schule. Vielleicht als Au Pair oder so. Die Tower Bridge, der Hyde Park, Big Ben und Westminster Abbey ... und im Globe Theatre ein Shakespeare-Stück im Original sehen, bis dahin ist mein Englisch hoffentlich gut genug dafür.“

„Hm“, machte Kat. „Und Madame Tussaud's!“

„Nee, das ist mir zu gruselig. Ehrlich, lebensechte Wachsfiguren, das ist mir unheimlich. Aber du stehst ja auf so was.“

„Tja, dann müssen wir uns wohl trennen, wenn wir London zusammen besuchen sollten."

Sie redeten noch eine Weile über London und was sie dort tun würden, wenn sie einmal hinkämen, aber als sie das Schulgebäude erreichten, hielt Kat es nicht mehr aus. „Sag mal, sonst fragst du doch dienstags immer als Erstes nach den Pferden und meiner Reitstunde!"

„Ach so", murmelte Helli. „Ja, wie war's?" Dabei blieb sie aber nicht stehen, sondern öffnete die Tür und betrat die Eingangshalle der Schule.

„Gut war's! Ich war zum ersten Mal in der Gruppenreitstunde. Debbie ist da auch drin, du weißt schon, die aus der Neunten. Und eine Lara, die war auch ziemlich cool drauf. Ich bin Flora geritten und habe Leichttraben geübt."

Helli blieb stehen und schien zum ersten Mal an diesem Morgen wirklich an den Pferden interessiert. „Flora? Ist Otto krank?"

„Nein. Aber – also, Otto hat jetzt zwar einen Sattel, aber den sollte ich gestern noch nicht benutzen, Mom und Anne müssen erst gucken, ob der auch wirklich passt. Außerdem kann Flora auch mehr, sodass ich da besser merke, wie es sich anfühlen muss. Und ich finde, wenn ich jetzt schon reiten lerne, dann will ich das auch richtig machen. Ist ja schließlich ein Sport und da gehört auch die entsprechende Ausrüstung dazu." Noch während sie redete, merkte sie, dass sich das anhörte, als würde sie das Pferd als eine Art Sportgerät sehen wie einen Hockeyschläger oder Turnschuhe, dabei hatte sie ja eigentlich den Sattel gemeint.

Aber Helli brach wider Erwarten nicht in Empörung aus, schaute sie nicht einmal missbilligend an, sondern stieg einfach nur an Kat vorbei die Treppe hinauf. „Tja, dann …", war ihr einziger Kommentar.

Jetzt wurde es Kat wirklich zu seltsam. Sie hielt Helli am Ärmel ihrer Fleecejacke fest. „Sag mal, was ist eigentlich los?"

Helli zog Kat den Ärmel aus der Hand. „Nichts. Los, komm, es klingelt gleich."

Ratlos folgte Kat ihr in den Klassenraum. Stimmte bei Helli zu Hause irgendetwas nicht oder war sie tatsächlich sauer? Aber weshalb sollte sie?

Kat versuchte es mit Flüstern und auf Zettelchen gekritzelten Fragen im Französischunterricht, aber Helli reagierte gar nicht oder schüttelte den Kopf. Gleich nachdem am Ende der Stunde Frau Seidel noch einmal an den Test erinnert hatte, der morgen geschrieben werden sollte, verschwand Helli aufs Klo, ohne auf Kats „Warte doch mal!" zu achten. Kat blieb sitzen, schaute aus dem Fenster und kaute auf ihrer Unterlippe. Sollte sie weiterbohren oder machte sie damit nur noch mehr kaputt? Helli wollte ganz offensichtlich nicht mit ihr über das reden, was sie bedrückte. Vielleicht musste sie ihr nur etwas Zeit geben und nicht noch dauernd darauf herumreiten – auf was auch immer.

In dieser Pause konnten sie sowieso nicht mehr reden, denn Helli kam erst zusammen mit dem Mathelehrer wieder. Und als es zur großen Pause klingelte und Helli gleich schon wieder verschwinden wollte, hielt Kat sie fest. „Sag mal, wie ist denn nun eigentlich ‚Stolz und Vorurteil'? Ich hab ja nur den Film gesehen. Oder hast du das schon wieder fertig gelesen?"

„Nein, bin noch mittendrin. Und es ist super! Man glaubt gar nicht, dass das schon so alt ist. Lizzy ist eine tolle Heldin, nicht perfekt und selbstbewusst und manchmal echt bissig, das macht total Spaß zu lesen. Mr Darcy ist natürlich auch toll, noch besser als im Film."

„Hm, vielleicht lese ich es ja doch noch."

„Mach das, auf jeden Fall, es lohnt sich! Weißt du, im Film war manches einfach doch echt anders und ich finde das im Buch viel besser. Zum Beispiel, als ..." Helli begann eine ausführliche Analyse der Unterschiede zwischen Film und Buch und Kat hörte zu.

Na also, dachte sie. Am besten vermied sie erst mal das Thema Pferde, dann war alles wie immer. Jedenfalls fast.

Aber es war erstaunlich anstrengend, *nicht* über die Pferde und das Reiten zu reden.

***

„... hallo? Mutterschiff an Kathi-Shuttle?"

Kat fuhr von ihrem Suppenteller hoch. Moms Gesicht zeigte einen deutlichen Besorgte-Mutter-Ausdruck, während sie mit der Suppenkelle über dem Topf hin und her wedelte, ungeachtet der Tropfen, die sie dabei auf dem Tisch hinterließ. „Sag mal, du hörst mir ja heute überhaupt nicht zu, nicht mal, wenn ich dich frage, ob du noch Suppe willst! Was ist los? Ärger in der Schule?"

Kat schüttelte den Kopf. „Nein, bloß Helli ist in letzter Zeit so komisch. Sie fragt überhaupt nicht mehr nach den Pferden, und – ach, ich weiß auch nicht."

„Wenn ihr noch jünger wärt, würde ich mal versuchen, mit ihr zu reden, aber inzwischen wäre das wohl eher kontraproduktiv. Das musst du also wohl leider selber klären ..."

Das fehlte auch gerade noch, dass sich Mom da einmischte! „Nee, das wäre echt keine gute Idee. Naja, vielleicht kriegt sie sich ja auch so wieder ein."

„Willst du noch was essen?"

Wieder schüttelte Kat den Kopf und schob den Teller beiseite. „Fährst du gleich zum Stall?"

„Ja, ich habe um zwei Gruppenreitstunde."

„Kann ich mit?", fragte Kat. Sie hatte wirklich keine Lust, heute Nachmittag in ihrem Zimmer herumzuhocken und Trübsal zu blasen.

„Klar! Räumst du bitte die Teller ab? Wir müssen uns etwas beeilen." Mom stand auf, um den Suppenrest in eine Dose zu füllen, und Kat stellte gehorsam die Teller in die Spülmaschine.

Auf der Fahrt zum Stall drehten sich ihre Gedanken weiterhin pausenlos im Kreis. Hoffentlich ließ sich das irgendwie wieder regeln mit Helli. Freundschaftsprobleme waren echt doof, die nahmen einem die Lust auf alles. Vor allem, weil sie gar nicht so genau wusste, was sie eigentlich falsch gemacht hatte. Erst als der Kies des Parkplatzes unter den Reifen des Froschautos knirschte, hellten sich Kats Gedanken wenigstens ein bisschen auf.

Mom holte mit einer an Schlangenmenschen erinnernden Bewegung den Reithelm von der Rückbank und wuselte sich trotzdem schneller aus dem Auto, als Kat auch nur die Tür öffnen konnte. „Ach du Schande, bin ich mal wieder spät dran! Geh du mal gleich zur Weide vor, ich hole das Halfter aus dem Stall." Und schon war sie weg.

Kat trottete allein über den Parkplatz, vorbei am vordersten Stall direkt auf die Weiden zu. Auf dieser Seite der Anlage war sie noch nie gewesen, denn sonst war sie immer zuerst an der anderen Seite der Stallgebäude am Reitplatz vorbei zu Ottos Stall und dort zur Sattelkammer gegangen. Die vorderste Weide, die sie deshalb bisher noch nie besonders beachtet hatte, war kleiner als die anderen und es standen auch nur zwei Pferde darauf. Als Kat an der auffälligen Scheckung des einen Ricks Hengst Blue erkannte, musste sie einfach stehen bleiben und ein wenig hinüberschauen.

Das andere Pferd, einen etwas zottelig wirkenden Schimmel, hatte sie noch nie gesehen, aber das war auch kein Wunder, so lange war sie ja noch nicht hier.

Mom war noch nicht zu sehen, also joggte Kat zu der Koppel hinüber. Blue schaute ihr mit hochgerecktem Kopf und gespitzten Ohren entgegen. Er sah einfach fantastisch aus mit seinem muskulösen Körper, dem eleganten Kopf, der unregelmäßigen schwarz-weißen Zeichnung und den blauen Augen.

„Na du", sagte Kat, und der Hengst schnaubte wie zur Antwort und trat ein wenig näher heran. An Streicheln war hier nicht zu denken, der Zaun war höher als die anderen Zäune drüben, und es waren drei breite Litzen übereinandergezogen worden statt nur zwei schmale.

Das andere Pferd schaute erst jetzt vom Gras auf. Es war etwas kleiner als Blue, mit einem runden Bauch und grünlichen Grasflecken im Fell. Hinter dem Widerrist bildete der Rücken eine tiefe Kuhle.

Kat war inzwischen wohl auch für Blue uninteressant geworden. Stattdessen näherte er sich nun seinem Weidekumpel, reckte den Hals und begann freundschaftlich an dessen Mähnenkamm herumzuknabbern. Der Schimmel bekam einen entspannten, fast schon träumerischen Ausdruck im Gesicht. Es war eine wunderbar friedliche und zärtliche Szene und Blue sah auch dabei wunderbar aus.

„Na, himmelst du den Mädchenschwarm des Mädchenschwarms an?"

Kat fuhr herum. Hinter ihr stand Anne, ein Halfter über jeder Schulter, und grinste fast bis zur Krempe ihres Cowboyhutes hinauf.

„Haha", machte Kat, bevor sie rote Ohren bekommen konnte, und es half tatsächlich.

„Na, er ist ja auch ein toller Kerl. Blue meine ich natürlich." Das Grinsen wurde womöglich noch breiter.

Kat beschloss, nicht darauf einzugehen. „Warum stehen die beiden eigentlich hier so alleine?", fragte sie stattdessen.

„Na, was denkst du, was passiert, wenn ein Hengst in einer Herde mit einer rossigen Stute steht?"

„Wenn du mir sagst, was ‚rossig' bedeutet ... Oder nein, brauchst du doch nicht. Das Gleiche wie ‚rollig' bei Katzen und ‚läufig' bei Hunden, stimmt's?"

„Exakt. Und dann drehen alle durch – manchmal die Stute selber und ganz sicher alles, was männlich ist, auch die Wallache. Wenn so ein Wallach auf die Stute springt – manche machen das nämlich trotzdem, die haben nicht so recht kapiert, dass ihnen was fehlt –, ist das zwar nicht so toll, weil sie sich und die Stute dabei verletzen können, aber wenigstens gibt es kein ungewolltes Fohlen."

Interessantes Thema – Sex bei Pferden. Darüber hatte sich Kat noch nie Gedanken gemacht. „Wie oft wird eine Stute rossig?"

„In der Regel alle drei bis vier Wochen in der Saison, also von Frühjahr bis Herbst", erklärte Anne. „Aber das kann von Stute zu Stute unterschiedlich sein. Und manche werden dann richtig unausstehlich. Flora zum Beispiel ist eine richtige Zicke, wenn sie rossig ist. – So, ich muss jetzt aber mal los, Bigi wartet bestimmt schon. Ihr Pony hat Sattelzwang und spackt immer total ab, da muss ich ihr helfen, alleine kriegt sie den nicht gesattelt."

Apropos – wie weit war Mom eigentlich inzwischen? Kat schaute zu den anderen Koppeln hinüber und sah Mom mit Otto gerade zwischen den Ställen verschwinden. „Ich komme mit", sagte Kat. Als sie noch einmal einen Blick zurückwarf, sah sie, dass der Schimmel inzwischen Blues Nacken kraulte.

„Du, Anne – was ist das denn für ein Pferd, der Schimmel?"

„Oh, das ist Aristo, Patricks erstes eigenes Pferd, nach dem Shetty, auf dem er reiten gelernt hat. Ein herzensguter Ponymix-Wallach, aber schon fast sechsundzwanzig und inzwischen nur noch eingeschränkt reitbar. Seine Mutter wollte den teuren Blue nicht mit fremden Wallachen zusammenstellen, er könnte sich ja verletzen, da war es gut, dass der alte Aristo noch da war. Die ideale Lösung für alle – die beiden verstehen sich prima, Blue ist nicht alleine und Patrick musste seinen alten Freund nicht weggeben, was seine Mutter sonst garantiert von ihm verlangt hätte."

Wow, Rick war schon eine Klasse für sich! Aber es war auch

ein beruhigendes Gefühl, dass er genauso wie sie auf einem ganz normalen Pony reiten gelernt hatte. Vielleicht nicht ganz so seltsam gebaut wie Otto, aber eben kein Überfliegerpferd wie Blue.

Auf einmal freute Kat sich richtig auf Otto. Ihre Laune hatte sich jedenfalls schon merklich gebessert, bloß davon, dass sie Blue und Aristo beim Kuscheln zugeschaut hatte. Irgendwie waren Pferde schon toll.

***

Mom stand mit Otto auf dem Anbindeplatz und zog gerade den Sattelgurt fest, als Kat herankam.

Kat stellte sich dazu und kraulte Otto zur Begrüßung unter der Stirnlocke. „Kann ich noch helfen?"

„Nicht nötig, ich hab schon alles hier", sagte Mom. Irgendwie klang sie dabei nicht wie sonst. Die Art, wie sie sprach, irgendwie so flach, und das fehlende Lächeln in ihrem Gesicht erinnerten Kat an das, was sie in letzter Zeit von Helli gewohnt war. Na großartig, war das ansteckend?

„Was ist denn los?", fragte sie.

„Naja ..." Mom machte eine Pause, dann platzte sie heraus: „Sag mal, stimmt das, dass du gestern auf *Flora* geritten bist?"

Ach, daher wehte der Wind. „Ja, und? Ist das verboten? Ich hab's von meinem Taschengeld bezahlt."

„Natürlich ist das nicht verboten. Ich habe überhaupt nichts dagegen, wenn du ab und zu mal auf einem anderen Pferd reiten möchtest – aber du hättest es mir wirklich sagen können. Dass ich es hinterher hier über den Stallklatsch erfahre, finde ich echt nicht so toll. Wenn ich das gewusst hätte, hätte ich mir Otto doch gestern noch mal vorgenommen! Er muss doch abnehmen, und überhaupt."

„Ich hab mir das ja erst auf dem Weg zum Stall überlegt“, verteidigte sich Kat.

„Du hast aber auch ein Handy. Oder wenigstens hättest du es mir sagen können, als du nach Hause kamst. Dachtest du wirklich, ich würde da einen Staatsakt draus machen?“

„Naja ... nein ... Ich weiß nicht. Es hat sich einfach nicht ergeben.“

Mom nahm die Trense von der Schulter und legte sie Otto schweigend an. Nachdem sie auch das Halfter weggehängt hatte, kam sie noch einmal auf das Thema zu sprechen. „Weißt du, was ich auch gern wüsste? Ob das Ganze nicht vielleicht auch etwas damit zu tun hatte, dass du nicht allein in der Reitstunde warst. Ich weiß, dass Otto nicht das Vorzeigepferd ist, aber so unmöglich, dass man sich mit ihm schämen muss, ist er doch wohl auch nicht, oder?“

„Nein, das war's ja auch gar nicht. Ich wollte halt einfach nur ... ach, ich weiß auch nicht.“ Irgendwie wusste Kat wirklich nicht mehr so genau, warum sie unbedingt Flora hatte reiten wollen, und ganz bestimmt wollte sie nicht mit Mom darüber reden.

„Okay ... Ich will mich ja auch gar nicht mit dir streiten, Kat. Nur wenn du das nächste Mal ‚auch nicht weißt‘, dann sag mir bitte einfach Bescheid, ja?“

„Klar“, murmelte Kat.

„So, und jetzt gehen wir rüber. Oder wolltest du was anderes machen, während ich reite?“

Kat schüttelte den Kopf und folgte Mom und Otto in die Reithalle hinüber.

Die beiden anderen Reiterinnen waren schon da, die eine stieg gerade auf ihre große schwarze Stute.

„Ah, prima, dann können wir anfangen“, sagte Anne, als sie Mom und Otto hereinkommen sah. Dann wandte sie sich an Kat. „Finde ich übrigens eine gute Idee, dass du zugucken willst, Kat. Dabei kann man eine Menge lernen, wenn man aufpasst."

Na, dann. Kat hockte sich auf die Bank auf der schmalen Tribüne und beobachtete die Reitstunde. Zu Anfang passierte noch nicht viel, alle drei Pferde gingen – beziehungsweise in Ottos Fall: schlurften – durch die Halle zum Aufwärmen. Anne korrigierte hier und da den Sitz der Reiterinnen – dass es da aber auch immer wieder so viel zu beachten gab! Das schien also auch nach über einem Jahr Reitunterricht noch nicht von allein zu kommen.

Ansonsten ließ diese Phase der Reitstunde Kat viel Zeit zum Grübeln. Sie hatte bisher gar nicht darüber nachgedacht, ob sie Mom ihre Entscheidung, lieber Flora zu reiten, hätte mitteilen müssen. Und irgendwie hatte sie schon erwartet, dass Mom sich darüber aufregen und ihr Verrat und ähnliche schreckliche Vergehen vorwerfen würde. Schließlich hatte sie sich selbst danach wie eine Verräterin gefühlt. Und warum hatte sie nun nicht auf Otto reiten wollen? Wenn sie ehrlich war, war es ja schon ein bisschen deshalb gewesen, dass sie sich nicht vor der coolen Debbie blamieren wollte. Aber war das denn schlimm? Otto war wirklich kein Pferd zum Angeben.

Kat beobachtete ihre Mutter, die sich in dem neuen Sattel offenbar durchaus wohlfühlte. Inzwischen wurde gearbeitet, alle drei ritten hintereinander her. Vorne ging die Frau mit dem großen Rappen, dann kam das zottelige Fuchspony, dessen Reiterin sich schwer konzentrieren musste, um ihr Pferd nicht zu dicht auflaufen zu lassen. Prompt kam die Anweisung von Anne: „Noch mehr Abstand, Bigi, die Cara ist rossig, da kann die Drängeln noch weniger leiden!"

Ah, dachte Kat, *das Rossig-gleich-zickig-Problem in der praktischen Anschauung.*

Anne gab kryptische Befehle wie „Durch den Zirkel wechseln" und „Jetzt stellt ihr die Pferde mal bei M nach innen, ganz vorsichtig – nicht ziehen, sonst beißt sie sich nur auf dem Zügel fest, Claudia!“ und nahm sich zwischendurch immer abwechselnd eine ihrer drei Schülerinnen genauer vor. Allzu viel begriff Kat nicht von dem, was sie da tat, schon gar nicht, wenn die Lektion an der anderen Seite der Halle stattfand, und langsam schweiften ihre Gedanken schon wieder zu Helli und Mom ab. Musste es denn jetzt gleich mit zwei Leuten Knatsch geben?

Dann rief Anne durch die Bahn: „Bigi, komm bitte mal her, das geht so nicht. Dein Sattel hängt schon ganz auf der rechten Seite, merkst du das? Du sitzt richtig schief. Lass uns in aller Ruhe dran arbeiten. – Claudia und Silke, ihr reitet bitte ein paar Übergänge auf dem Hufschlag und im oberen Teil der Halle. Aber seht zu, dass ihr nicht hintereinanderklebt.“

Kat schaute zuerst zu, wie Anne der Fuchsreiterin Hüfte, Beine und Brust zurechtschob, aber irgendwann wurde das doch etwas langweilig und sie schaute zu ihrer Mutter hinüber. Otto schien diese Art zu reiten sehr gemütlich zu finden. Mom konnte ihn nur zweimal dazu bringen, kurz ein paar Schritte zu traben, dann gab sie offenbar auf. Von nun an gingen sie nur noch Schritt, wie auf Schienen immer auf dem Hufschlag. Mom schien völlig entspannt zu sein, die Zügel hingen durch und sie schaute nach oben, während sie ritt. Kat folgte ihrem Blick und entdeckte eine Schwalbe, die durch eine der Öffnungen unter dem Dach hereingekommen war und gleich darauf auf demselben Weg wieder nach draußen flog.

Sie schaute gerade rechtzeitig wieder nach unten, um zu bemerken, dass Otto währenddessen zielstrebig eine Ecke abgekürzt und sich der schwarzen Stute genähert hatte – offenbar hatte er vor, mit der Nase direkt an ihrem Hintern anzudocken. Dann ging alles ganz schnell. Die Stute wieherte empört und schrill auf, es klang eher wie Quietschen. Dabei schlug sie nach hinten aus. Otto sprang zur Seite, die Stute nach vorn, dann war alles schon vorbei. Beide Reiterinnen hingen zwar ziemlich unelegant auf den Hälsen ihrer Pferde, aber heruntergefallen war keine von ihnen.

Anne lief zu den beiden hinüber. „Alles in Ordnung? Hat sie getroffen?"

Mom schüttelte den Kopf.

„Ihr beide seid auch okay?"

„Ja, alles klar", bestätigte die Reiterin der Stute und Mom sagte: „Bei mir auch."

„Na prima. Dann reite du gleich weiter, Claudia. Silke, du bleibst kurz bei mir."

Oh, oh, dachte Kat, *was gibt das jetzt – eine Strafpredigt für Mom?* Gespannt beugte sie sich vor. Zum Glück standen die beiden direkt vor ihr.

Anne stemmte die Arme in die Hüften und schaute ernst zu Mom hoch. „Pass mal auf, Silke. Das hätte mordsmäßig ins Auge gehen können."

„Ich weiß, ich hab geträumt und überhaupt nicht aufgepasst." Moms Stimme klang ziemlich kleinlaut.

Anne nickte. „Allerdings. Und das ist bei dir ein generelles Problem. Du lässt dir von Otto sagen, wo es langgeht, und das nicht nur, wenn du gerade mit den Gedanken woanders bist. Wenn er meint, lieber auf den zweiten Hufschlag zu wollen, oder quer durch die Halle abbiegt, um hinter eins der anderen Pferde zu kommen, dann gibst du einfach nach. Du probierst kurz, ob er sich lenken lässt, und wenn nicht, lässt du ihn einfach machen. Das ist bequemer und du kannst dabei netter zu deinem Pferd sein. Aber es bedeutet auch, dass er dich von vorne bis hinten veräppelt. Er hat die Hosen an, nicht du – und dass das gefährlich werden kann, hast du ja gerade gesehen."

Anne machte eine kurze Pause. Mom ordnete Ottos Mähne und sah sehr zerknirscht aus.

„Der Punkt ist", fuhr Anne fort, „dass du nicht reitest, sondern dich tragen lässt. Wie beim Ponyreiten auf dem Jahrmarkt.

Bloß – es führt dich hier keiner. Du musst *reiten*, Silke! Das ist Arbeit, anstrengend und manchmal auch unangenehm, wenn man so in sein Pferd vernarrt ist wie du. Du musst ihm nämlich zeigen, dass du der Boss bist. Du musst bestimmen, wo es langgeht, und dafür musst du vor allen Dingen erst mal *wissen*, wo es langgeht. Du musst dir deinen Weg vornehmen und den auch gehen, egal, was dein Pferd dir anderes aufdrücken will. Wenn du weißt, was du willst, dann kannst du ihm das mitteilen. Wenn du selber keine Ahnung hast und dich nur rumtragen lassen willst, dann bleibt ihm ja auch gar nichts anderes übrig, als das Kommando zu übernehmen. Aber das geht einfach nicht – wenn du nur Ponyreiten machen willst, musst du auf den Jahrmarkt gehen. Hast du kapiert, was ich meine?"

Mom nickte. „Ich werd' mich bemühen."

„Prima." Anne klopfte Ottos Hals. „Ihr beide seid eigentlich ein schönes Pärchen – ihr müsst nur endlich klären, wer das Sagen hat. Reite jetzt konzentriert auf dem Hufschlag und bau an der kurzen Seite immer eine Volte ein. Und konzentrier dich darauf, ihm wirklich zu sagen, was du möchtest. Du kannst es eigentlich, du tust es nur nicht."

Mom trieb Otto wieder an und Kat musste plötzlich schlucken. Irgendwie wurde sie das Gefühl nicht los, dass Annes Ansprache nicht nur Mom gegolten hatte. Komisch. Sie versuchte den Gedanken abzuschütteln, aber er kam immer wieder zurück. Dabei war sie doch nun wirklich noch nicht so weit, beim Reiten schon irgendwas zu bestimmen. Momentan war sie noch froh, wenn sie einfach nur oben blieb und nicht das Gefühl hatte, mindestens zwei Arme und zwei Beine zu viel zu besitzen!

Und wenn es gar nicht das Reiten war? Wenn man das als Gleichnis sehen würde, so wie die Gleichnisse aus der Bibel, die Jesus immer erzählt hatte? Mom ließ sich einfach tragen, ohne selbst die Richtung zu bestimmen. Das konnte man so übersetzen: Man tat sich und anderen keinen Gefallen, wenn man immer nur mitlief und keine eigenen Entscheidungen traf. Aber das war ja wohl nicht Kats Problem, oder? Sie war doch schon immer unabhängig gewesen und hatte sich zum Beispiel noch nie nach der Mode gerichtet. Sie ging ihren eigenen Weg, ohne sich von der Meinung anderer bestimmen zu lassen. Naja, meistens jedenfalls.

Oder? Auf einmal war sie sich da nicht mehr so sicher. Sie mochte Otto und das hatte sie gestern auch schon getan. Ohne dass sie es selber gemerkt hatte, hatte sich dieses dicke, peinliche Pony in ihr Herz geschlichen. Aber dazu zu stehen und trotz der coolen Debbie auf ihm ihre Reitstunde zu nehmen, das hatte sie sich nicht getraut.

Kat kaute auf der Unterlippe herum und sah zu, wie ihre Mutter darum kämpfte, Otto auf dem äußeren Hufschlag zu behalten. Er drängelte immer wieder in die Mitte der Bahn und blieb dort schließlich einfach stehen. Mom drückte ihm die Waden an den dicken Bauch und schnalzte auffordernd mit der Zunge, aber das störte Otto wenig. Stattdessen kratzte er sich erst mal ausgiebig mit den Zähnen am Vorderbein, sodass Mom die Zügel aus der Hand rutschten.

Anne seufzte laut. „Treiben, Silke, nicht halbherzig mit den Beinen zappeln! Du hängst da schon wieder wie ein Schluck Wasser in der Kurve. Richte dich mal auf und dann konzentrier dich und nimm dir fest vor, was du willst – und Otto hat das gefälligst auch zu tun!“

Mom fasste die Zügel nach, drückte die Brust heraus und presste noch einmal die Beine an, kräftiger diesmal. Ottos Ohren ruckten nach hinten und er machte einen widerwilligen Schritt nach vorne.

„Und jetzt weitertreiben! Er muss wissen, dass du es ernst meinst.“

Noch ein Schritt, dann noch einen, und dann ging Otto tatsächlich wieder vorwärts.

„Jawoll! Weiter so! Jetzt *reitest* du! Sobald er zögert, musst du treiben und du darfst auf keinen Fall nachgeben. Wenn er von alleine langsamer wird, treibst du ihn wieder an, auch wenn du vielleicht sowieso in Kürze anhalten wolltest. Ihr bleibt erst stehen, wenn du das willst, nicht, wenn er das einfach selber macht. Und wenn er dir in die Hallenmitte wegdrängelt, nimmst du sofort den inneren Zügel ein wenig mehr an und treibst stärker mit diesem Bein."

Mom saß mit konzentriert gerunzelter Stirn auf dem Pferd und plötzlich ging Otto tatsächlich gesittet auf dem Hufschlag.

„Super!", lobte Anne. „Und jetzt könnt ihr alle noch ein bisschen locker abreiten. Lob ihn mal ordentlich, Silke. Das zum Schluss, das war gut, da hat er richtig auf dich gehört."

Das Loben fiel Mom sichtlich leichter. Während die drei Pferde in gemütlichem Tempo um die Bahn bummeln durften, fragte sich Kat auf der Tribüne, ob die Erkenntnisse von eben wohl von Gott gekommen waren. Sprach der auch durch Reitlehrerinnen, die etwas ganz anderes gemeint hatten?

Allzu oft sprach er ja sowieso nicht, jedenfalls nicht zu ihr. Oder lag das daran, dass sie sich auch beim Glauben bloß von anderen tragen ließ und nicht selbst ritt? Der Gedanke kam so plötzlich, dass Kat tatsächlich ein wenig zusammenzuckte. Aber er war da und erschreckend treffend. Okay, sie war in der Gemeinde dabei, seit sie denken konnte, und ihr war völlig klar, dass Gott existierte und Jesus für sie am Kreuz gestorben war – aber gefragt hatte sie dabei nie jemand und sie hatte sich auch noch nie überlegt, ob sie das eigentlich alles *wollte*. Sie ließ sich halt so mittragen. Aber so funktionierte das auf Dauer nicht, so viel war klar. Sie durfte und musste längst eigene Entscheidungen treffen, auch diese.

Sie dachte an die langweiligen Gottesdienste, an Hellis strenge Eltern, die all die Einschränkungen und Verbote mit „das will Gott nicht" begründeten, und an die spießigen Ansichten mancher Leute in der Gemeinde ... aber dann auch wieder an den Teenkreis, an die spannenden Gespräche über Gott, an das Jugendtreffen im Herbst, als sie mit all den anderen Jugendlichen begeistert coole Lobpreissongs gesungen und sich Gott ganz nahe gefühlt hatte ...

Verwirrt rieb sich Kat über die Stirn. Das war wirklich keine Entscheidung, die man mal eben zwischen Tür und Angel treffen konnte. Eigentlich konnte sie sich überhaupt nicht vorstellen, den Glauben und alles, was daran hing, einfach über Bord zu werfen, aber darüber nachdenken musste sie zuerst. Schließlich wollte sie ja eben nicht einfach nur „Ja" sagen, weil das das Bequemste war.

Annes Stimme riss sie aus ihren Gedanken. „So, jetzt könnt ihr aufmarschieren. Schluss für heute."

Fast ein wenig erleichtert beschloss Kat, in nächster Zeit in Ruhe über diese Fragen nachzudenken. Für heute reichte es erst mal. Außerdem wollte sie jetzt mitgehen und beim Absatteln helfen. Oder wenigstens zusehen und ein bisschen Otto knuddeln.

10. Kapitel

... in welchem von gefährlichen Hengsten gesprochen wird und ein Halfter über den Jordan geht.

Kat hielt sich dicht neben Otto, als sie nach der Reitstunde über die gepflasterte Fläche zwischen Halle und Stall gingen. Claudias Stute Cara stand auch im hintersten Stall, während Bigi mit ihrem Fuchspony zum vorderen Gebäudeteil abbog. Mom passte diesmal auf, dass sie einen gehörigen Sicherheitsabstand zu dem schwarzen Hintern vor ihr einhielt.

Ottos dicke Mähne wippte ein bisschen auf und ab beim Gehen und Kat legte eine Hand auf seine Schulter und fühlte jeden Schritt unter ihren Fingern. Sein Fell war warm und weich. Seltsam, dass er ihr vor Kurzem noch so groß und ein bisschen beängstigend vorgekommen war. Im Vergleich zu Cara war er harmlos klein. Und nicht so zickig. Wobei Claudia allerdings keine Probleme mit ihrem Pferd zu haben schien. Vielleicht zickte es nur bei anderen Pferden herum, nicht bei Menschen. Trotzdem.

Sie banden die Pferde so an, dass sich die Stute wirklich nicht über zu viel Nähe beschweren konnte. Mom legte Otto zuerst einen der beiden offenen Zügel über den Hals, dann nahm sie ihm die Trense ab und fummelte ein wenig hektisch das Halfter an seinen Kopf. „Puh“, machte sie, als sie den Karabinerhaken geschlossen, den Strick einmal um den Balken herumgeschlungen und dann diesen merkwürdigen Häkelknoten gemacht hatte. „Ich habe immer ein bisschen Schiss, dass er sich losreißt, während ich ihn nur am Zügel um den Hals halten kann ..."

Kat musste grinsen. Otto stand bereits halb dösend da und sah nicht im Entferntesten so aus, als wolle er sich in nächster Zeit losreißen.

„Magst du ihn absatteln, Kat? Runter ist ja einfacher als rauf."

Kat nickte und betrachtete den Sattel, während sie auf Ottos linke Seite wechselte. Eigentlich sah er genauso aus wie ein normaler Westernsattel. Er hatte ein Horn, diese breiten Lederstücke an den Steigbügelriemen und war eher eckig geschnitten, nicht so wie die „Englisch"-Sättel, wie Mom sie nannte, mit ihrer geschwungenen Form. Vielleicht wirkte er ein klein wenig zierlicher als die anderen Westernsättel.

Sie löste die Schnalle und zog vorsichtig den Sattel zusammen mit dem Pad über Ottos Rücken. „Wow, ist der leicht!", sagte sie überrascht. Kein Vergleich zu Floras kiloschwerem Westernsattel, bei dem sie fast in die Knie gegangen war!

Mom grinste. „Ja, das ist der angenehme Nebeneffekt."

Gemeinsam brachten sie Sattel und Trense in den Spind. Als sie mit der Putzkiste wieder nach draußen kamen, um Ottos Hufe auszukratzen und ihn abzureiben – obwohl er natürlich gar nicht geschwitzt hatte –, gellte ihnen Claudias Stimme in leicht schrillem Tonfall entgegen: „Bleib bloß weg, Cara ist rossig!"

Kat stutzte einen Moment überrascht, bis sie begriff, dass sie gar nicht gemeint waren. Claudia stand neben ihrem Pferd am Anbindebalken und wedelte abwehrend mit der Hand in Richtung der Weiden. Neugierig reckte Kat den Hals, um zu sehen, wer wegbleiben sollte. Als sie Rick mit Blue erkannte, machte ihr Herz einen kleinen Hüpfer.

Blue reckte den Hals genauso wie Kat. Seine Ohren waren gespitzt und seine Nüstern gebläht – ein Bild für ein Poster in einer Pferdezeitschrift. Aber als Rick sanft am Strick zupfte, ließ er sich willig weiterführen, auch wenn er noch eine Weile die Ohren nach Cara drehte.

„Unmöglich", brummelte Claudia vor sich hin. „Irgendwann gibt das noch mal eine Katastrophe, das sage ich euch. Einen Hengst hier zu halten, in einem gemischten Stall! Früher oder später verprügelt der unter Garantie einen vermeintlichen Konkurrenten oder er deckt eine Stute. Hengste sind nun mal Hengste, die muss man einzeln halten oder wenigstens nur mit anderen Hengsten oder Wallachen zusammen! Wobei die sich dann auch ohne Stuten prügeln, die sind doch von Natur aus aggressiv. Machos halt."

„Naja, so aggressiv kommt mir dieser hier ja eigentlich nicht vor", wagte Mom einzuwerfen.

„Das täuscht. Lass ihn eine rossige Stute wittern – und das können die über Kilometer hinweg! – und es steht ihm ein anderes Pferd im Weg. Oder womöglich sogar ein Mensch. Dann wird der zur Bestie."

Das war doch wohl Quatsch, oder? Kat runzelte die Stirn. „Hätte er dann nicht eben auch schon zur Bestie werden müssen? Immerhin war eine rossige Stute direkt vor seiner Nase und Rick musste ihn ja nicht gerade wegprügeln oder so!"

„Naja, klar, diesmal ist es gut gegangen, aber das weiß man bei einem Hengst nie." Claudia schaute mit finsterer Miene hinter Rick und Blue her. Dann ließ sie den Blick über die Weiden schweifen und auf einmal hellte sich ihr Gesicht auf. „Oh, schau mal, Silke – Tanja hat ihr neues Pferd! Was für ein schicker Kerl!"

Mom eilte zu ihr hinüber. Auf dem selben Weg wie Rick führte eine große, knochige Frau in Moms Alter ein elegantes, beigefarbenes Pferd mit schwarzer Mähne und Schweif und schwarz gestiefelten Beinen heran. Als sie die neugierigen Blicke bemerkte, winkte sie strahlend und kam sofort näher. „Darf ich euch *TL's Shining Summerboy* vorstellen? Ich mache ihn gerade mit seiner neuen Heimat bekannt."

„Was für ein Hübscher! Wie alt ist er denn?", wollte Claudia wissen.

„Acht. Da ist noch alles drin. Und er joggt wie ein junger Gott – pass mal auf!" Tanja ließ ihr etwas nervös zu den anderen hinüberschauendes Pferd losgehen und begann dabei, ihrerseits zu joggen. Das Pferd trabte an.

„Wieso hat sie denn ‚joggen' gesagt?", fragte Kat leise ihre Mutter.

„Das ist der langsame Trab im Westernreiten, siehst du ja", raunte Mom zurück.

Tatsächlich, es war ein sehr zurückgenommenes Traben, was T-Irgendwas-Summerboy da zeigte, und Kat erinnerte sich, dass sie das schon einmal in der Reithalle gesehen hatte, nur noch extremer. Tanja lief mit ihrem Pferd einmal um den Putzplatz herum und blieb direkt vor Otto stehen. Nur der Anbindebalken trennte die beiden nun. Neugierig schob Otto seine Nase vor, auch die des fremden Pferdes näherte sich. *Wie nett*, dachte Kat, *sie schließen Bekanntschaft*.

Moment – bedeuteten so zurückgeklappte Ohren, wie sie die beiden Pferde jetzt zeigten, nicht normalerweise schlechte Laune? Bevor Kat ihre Mutter fragen konnte und in genau dem Moment, als Tanja „Na? Klasse, oder?" sagte, legten sich auf einmal Summerboys Ohren so flach an den Kopf, dass sie kaum noch zu sehen waren, seine Nüstern wurden ganz klein und angespannt und er wieherte schrill. Sein Kopf schnellte vor und seine Zähne gruben sich in Ottos Hals, bevor irgendjemand reagieren konnte. Otto fuhr zurück, nun auch seinerseits mit flach zurückgelegten Ohren, aber er konnte wegen des Anbindestricks nicht ausweichen.

Mom schrie auf. Tanja rutschte der Strick ihres neuen Pferdes bis zum Ende durch die Hand, als es den Kopf hochriss und dann mit einem Vorderhuf unter dem Balken hindurch nach Otto trat. Otto ruckte heftig an seinem Strick und mit einem lauten Knacks riss das türkisfarbene Halfter entzwei. Er zerrte noch einmal, bis der Halfterrest ihm über die Ohren rutschte und er frei war, und dann warf er sich wendiger, als Kat ihm das zugetraut hätte, auf den Hinterbeinen herum und raste in gestrecktem Galopp durch die Öffnung in Richtung der Weiden davon. Sein dichter, heller Schweif flatterte hinter ihm her. In einem rasend schnellen Rhythmus trommelten seine Hufe zuerst über das Pflaster, dann wurde der Klang dumpf, als er den Feldweg zwischen den Weiden erreichte – und dann verloren sie ihn aus den Augen und hörten, wie sich der Hufschlag allmählich entfernte.

Das alles ging so schnell, dass Kat, Mom und Claudia einen Augenblick lang wie vom Donner gerührt dastanden, während Tanja versuchte, ihr aufgeregt am Strick herumtänzelndes Pferd zu beruhigen.

Dann stieß Mom ein ersticktes „Otto!“ hervor und folgte ihrem Pferd. Kat dachte gar nicht nach, sondern rannte ihr sofort hinterher.

***

Als sie den Putzplatz hinter sich gelassen hatten und um das Stallgebäude herumschauen konnten, sahen sie gerade noch Ottos Schweif in einer Senke zwischen den beiden Koppelflächen verschwinden. Sie rannten ihm nach. Kat war sportlicher als ihre Mutter, die bald zurückfiel.

„Lauf du weiter!“, rief sie Kat keuchend zu. „Ich laufe zurück ... organisiere ein Halfter ... und mein Handy liegt im Auto!“

Kat nickte und sprintete weiter. Der arme Otto! Hoffentlich

war er nicht verletzt! Wahrscheinlich war er völlig panisch nach der Attacke – was, wenn sie ihn deswegen überhaupt nicht würden einfangen können? Und was, wenn er einfach immer weiterrannte? Nach den Koppelflächen kam ein Stück ungenutztes Land mit einem Wäldchen und danach eine Straße! Wenn er vor ein Auto lief? Kat spürte, wie sich ein Angstkloß in ihrem Hals bilden wollte, und schluckte ihn energisch weg.

Jetzt hatte sie die Stelle erreicht, wo sie Otto zuletzt gesehen hatten. Dort, wo sich das Gelände absenkte, lag die Koppel, auf der Flora, Toast und die anderen grasten. Aber kein Otto war weit und breit zu sehen. Kat blieb für einen kurzen Moment keuchend stehen. Konnte sie vielleicht Hufspuren entdecken? Aber dafür war der Boden zu trocken und zu fest. Also rannte sie einfach weiter, allerdings nicht mehr so schnell wie eben, das hielt sie nicht länger durch. Hoffentlich hatte Otto auch nicht mehr Ausdauer – wenn er in dem Tempo von vorhin weitergaloppiert war, war er wahrscheinlich schon halbwegs in der nächsten Stadt! Wenigstens war hier die Richtung noch klar: Wegen der Stromzäune rechts und links konnte er nirgendwo anders hingelaufen sein als geradeaus.

Aber bald waren die Weideflächen zu Ende und vor Kat eröffneten sich viele mögliche Wege. Links vor ihr lag das kleine Wäldchen, das sich wie eine Zunge ins Land schob, sodass sie nicht sehen konnte, was dahinter lag. Ein gutes Stück entfernt sah sie Autos auf der Landstraße fahren, zum Glück nicht sehr viele. Aber kein Otto!

Vor ihren Füßen war der Boden wild bewachsen mit Brennnesseln und anderem Gestrüpp. Sie biss die Zähne zusammen und stieg über Dornenranken, die sich sofort in ihrer Jeans verhakten.

„Mist!“, schimpfte sie laut, das erleichterte ein wenig. Sie riss an ihrem Hosenbein, egal, sollte das blöde Ding doch kaputtgehen, Hauptsache, sie fand Otto bald!

Die hochgewachsenen Brennnesseln brannten an ihren Händen, aber sie ignorierte den Schmerz und lief weiter, so schnell es bei dem unebenen Boden ging.

Schließlich erreichte sie das Wäldchen. Was nun – hinein oder außen herum? Fieberhaft versuchte sie sich vorzustellen, was Otto wohl getan haben mochte, und dann entschied sie sich, nicht hineinzugehen. Offene Flächen waren Pferden eigentlich immer lieber, hatte sie gelesen, und irgendeine Entscheidung musste sie nun mal treffen.

Es war die richtige gewesen. Als Kat um das Buschwerk am Waldrand herumlief, sah sie Otto. Er stand, das war schon einmal gut. Aber er stand seltsam da, ein Hinterbein weggestreckt, den Kopf gesenkt. Als sie langsam näher heranging, vorsichtig, damit er sich nicht erschreckte und doch noch weglief, sah sie, dass neben ihm ein heruntergesackter, halbhoher Schafzaun aus Maschendraht ein Stück Weideland einzäunte.

Und dann wurde ihr klar, dass er gar nicht weiterlaufen konnte: Er stand nicht neben, sondern direkt in dem Zaun, sein linkes Hinterbein hing in den Maschen fest!

„Mist", murmelte Kat wieder, aber diesmal half es nicht. Als Otto sie bemerkte, drehte er ihr den Kopf zu und trat mit dem Hinterbein aus, zog und ruckte daran und gab dann wieder auf. Kat spürte ihr Herz wild in ihrer Brust hämmern, nicht nur wegen der Anstrengung. Wahrscheinlich kriegte man ihn aus dem Zaun nur wieder raus, wenn man den Draht zerschnitt, oder? Mit zittrigen Händen griff sie in ihre Hosentasche und zerrte das Handy heraus. Fast rutschte es ihr durch die schweißnassen Finger und sie musste sich konzentrieren, um den Bildschirm zu entsperren und Moms Nummer auszuwählen.

Mom nahm sofort ab. „Hast du ihn?"

„Ja", sagte Kat. „Er hängt in einem Schafzaun oder so was Ähnliches. Ihr müsst eine Drahtschere mitbringen!"

„Wo, Kat, wo?"

„Hinter den Koppeln, an dem Wäldchen vorbei. Ich sehe ein Stück von der Landstraße von hier aus!"

„Gut, wir kommen. Tanja koppelt gerade den Hänger an ihr Auto. Wie geht es ihm?"

„Ich weiß nicht, ich hab dich sofort angerufen! Aber er hängt total fest in diesem blöden Draht!" Während Kat sprach, ging sie ein wenig um Otto herum und konnte einen erschrockenen Ausruf nicht unterdrücken, als sie sein Vorderbein sah. „Er blutet auch, vorne, wo das andere Pferd ihn getreten hat!"

Mom schluchzte auf. „Dann rufe ich gleich noch den Tierarzt an! Wenn es stark blutet, versuch, das irgendwie zu stoppen, und ansonsten beruhige ihn ein bisschen, bis wir da sind, ja?"

Danach ertönte nur noch das Freizeichen. Kat schniefte und steckte das Handy weg. Dann näherte sie sich Otto vorsichtig. „Ganz ruuuhig", sagte sie und beruhigte sich selbst damit wahrscheinlich mehr als ihn, obwohl er Zuspruch sichtlich auch nötig hatte. Sein Fell war klatschnass geschwitzt, auf seiner Brust hingen weiße Schaumflocken. Seine Nüstern waren weit geöffnet und seine Flanken hoben und senkten sich immer noch heftig.

„Wir holen dich da schon raus, Otto, keine Angst, alles wird gut", sagte Kat und legte ihm vorsichtig die Hand auf den Hals. Das Fell war ganz klebrig vom Schweiß, aber das war ihr völlig egal. Sie streichelte und kraulte ihn ein wenig.

„So ist es gut", sagte sie noch einmal beruhigend und holte tief Luft. „Lass mich mal nach deinem Bein gucken."

Sie hockte sich neben ihn. Die Wunde sah schrecklich aus – die Haut war aufgeplatzt und das rote Fleisch schaute darunter hervor. Aber sehr stark zu bluten schien es wenigstens nicht. Ein paar kleine, dunkle Rinnsale waren im Fell zu sehen, aber die wirkten schon fast trocken. Kat beschloss, das vorsichtshalber einfach in Ruhe zu lassen, bis jemand mit Ahnung und

Verbandsmaterial kam. Langsam richtete sie sich auf und legte Otto wieder die Hand auf den Hals. „Und jetzt noch das hinten. Vielleicht kriegen wir das ja auch so schon hin, was meinst du?"

Sie ließ die Hand über den Rücken wandern, bis sie an seinem dichten Schweif angekommen war. Wieder zuckte und zappelte er mit dem gefangenen Bein und sie trat einen Schritt zurück, bis er sich beruhigte und sie sich die Bescherung ansehen konnte. Der Drahtzaun war in sich verdreht und teilweise gerissen und hing in einem wirren Knäuel um Ottos Fessel und durch sein Zerren hatte sich einer der Drähte bereits in seine Haut eingeschnürt, sodass es blutete. Da half wirklich nur noch eine Zange!

Wo blieben die anderen nur? Kat fühlte sich so schrecklich hilflos und allein! Sie spürte, wie sich in ihrem Hals ein Klumpen bildete. „Nein, du heulst jetzt nicht", murmelte sie und schluckte zweimal. Dann trat sie wieder zu Ottos Kopf und kraulte ihm den Mähnenkamm. Er hatte inzwischen aufgehört, an seinem Bein zu zerren, und stand ganz still, den Kopf gesenkt, die Augen halb geschlossen und die Ohren nach hinten weggeklappt.

Aber dann stellten sich seine Ohren auf einmal auf und richteten sich nach vorn, er hob den Kopf ein kleines Stück an und sein Blick wurde etwas wacher.

Erst danach sah Kat die drei Gestalten, die sich aus der Richtung der Straße rasch näherten: Mom, Anne und dahinter die großgewachsene Claudia. Das Sprichwort mit dem Stein, der einem vom Herzen fällt, war wirklich treffend, stellte Kat fest. Und dann fiel ihr ein, dass sie eigentlich ja auch Gott hätte um Hilfe bitten können. Wie gut, dass er das nicht so eng nahm mit dem Bitten und oft auch Bitten erfüllte, die man noch gar nicht ausgesprochen hatte. Erleichtert schickte sie wenigstens ein Danke nach oben.

Mom war als Erste bei ihnen. Sie keuchte wie eine Dampfmaschine und hustete. Dann fiel sie Kat stumm um den Hals, während sie weiter nach Atem rang. „Ist ja gut, Mom“, murmelte Kat und musste sich sehr anstrengen, nicht selbst doch noch mit dem Heulen anzufangen. „Wir kriegen ihn da schon wieder raus!“

Mom löste sich von ihr und putzte sich die Nase. Dann trat sie langsam an Otto heran. Er drehte den Kopf zu ihr und trat noch einmal mit dem verfangenen Huf aus. Mom legte ihm den Arm um den Hals und das Gesicht an sein verschwitztes Fell. „Mein armer kleiner Schatz“, murmelte sie und schniefte noch einmal.

„So“, sagte Anne und allein das eine kleine Wörtchen enthielt so viel Ruhe und Sicherheit, dass es Kat gleich leichter ums Herz wurde. „Dann schauen wir uns die Bescherung mal an.“

Kat folgte ihr zu Ottos Hinterbeinen, während Claudia zu Mom trat und Otto rasch seine Trense anlegte. „Ja, da müssen wir ihn wohl rausschneiden“, sagte Anne, als sie das Drahtknäuel um Ottos Fessel sah. „Gut, dass du das gleich gesagt hast, Kat.“ Sie zog eine kleine Kneifzange aus der Hosentasche und hockte sich neben Otto hin. „Hilf du mir bitte, deine Mutter ist dafür gerade viel zu aufgelöst und zittrig. Halte den Draht ein bisschen auseinander, damit ich besser durchschneiden kann. Und pass auf, dass du dabei nicht hinter ihn kommst, falls er zappelt und austritt.“

Otto stand jetzt allerdings ganz ruhig, die Ohren aufmerksam nach hinten gedreht. Es schien, als wüsste er, dass sie ihm helfen wollten. Mom schniefte leise und Claudia war zur Seite getreten, damit nicht zu viele Leute an Otto herumwerkelten.

Kat griff von oben nach dem Draht und versuchte, ihn einigermaßen glatt zu ziehen, während Anne sanft über Ottos Bein strich, damit er sich nicht erschreckte, wenn sie ihn mit der Schere berührte. Es dauerte gar nicht lange, bis die meisten Drähte durchgeschnitten waren. Nur der letzte, den sich

Otto durch sein Zerren bis aufs Blut eingeschnürt hatte, machte es ihnen schwerer, aber schließlich war auch der entfernt. Otto setzte seinen Huf wieder auf den Boden und Kat seufzte erleichtert auf. Mom ließ Ottos Hals los und brach wieder in Tränen aus. „Gott sei Dank!"

„So", sagte Anne. „Was ist mit der Wunde am Vorderbein?"

„Sieht auf den ersten Blick nicht so schlimm aus", sagte Claudia, die nun wieder herangetreten war. „Aber guck du lieber noch mal drauf."

Anne ging nach vorne. „Stimmt. Geh mal ein paar Schritte mit ihm, Silke, damit wir sehen, ob und wie stark er lahmt. Oder gib ihn lieber Claudia, bis du dich etwas beruhigt hast."

Mom wischte sich mit dem Ärmel die Tränen ab und gehorchte. Otto zögerte zunächst, folgte Claudia dann aber doch. Er belastete das verletzte Vorderbein weniger und versuchte, auch das Hinterbein zu schonen, aber benutzen konnte er offenbar beide noch.

„Okay", sagte Anne. „Richtig schlimm scheint mir das nicht zu sein, aber das wird der Tierarzt dann sehen. Bis zum Auto kriegen wir ihn jedenfalls erst mal."

Langsam machten sie sich auf den Weg zur Straße. Kat lief neben Mom, ein Stück hinter Claudia und Otto. Mom schniefte immer noch und wischte sich ab und zu mit der Hand übers Gesicht. Kat legte ihr stumm den Arm um die Schulter. „Ach, Kathi", sagte Mom mit wackliger Stimme. „Was, wenn er nicht wieder wird? Wenn er dauerhaft lahmt und nie wieder richtig gehen kann?"

Kat bekam einen Schrecken. Konnte das wirklich passieren? Aber Anne hatte doch so positiv geklungen! Mom malte sich gerade nur das Schlimmste aus, oder? „Das wird schon, Mom! Er wird wieder fit, ganz bestimmt! Anne hat doch auch gesagt, dass es nicht so dramatisch ist."

Und daran wollte sie unbedingt glauben!

***

Das Auto mit dem Pferdeanhänger war schon bald zu sehen. Es hielt am Straßenrand der wenig befahrenen Landstraße, dahinter Moms Froschauto. Als sie sich der Straße näherten, kam ihnen Tanja völlig aufgelöst entgegen. „Jetzt sagt schon, wie schlimm ist es? Das tut mir alles so furchtbar leid – ich hätte daran denken müssen, dass die beiden sich noch nicht kannten, und Summerboy nicht so dicht heranbringen dürfen. Und dann noch eine rossige Stute, wer weiß, was da in den Jungs abging! Ist es schlimm? Zum Glück kommt der Tierarzt gleich! Ich mache mir ja solche Vorwürfe! Ich habe Verbandsmaterial mitgenommen, hier, Moment ..."

Mom griff sofort nach den Mullbinden. „Ja, vielleicht sollten wir gleich hier – du liebe Zeit, wir haben doch sicher keine Transportgamaschen!"

Anne seufzte leise und Kat konnte sich denken, warum. Zwei hysterische Pferdebesitzerinnen auf einmal, und beide wollten am liebsten in Aktionismus ausbrechen. „Für den kurzen Weg braucht er keine Gamaschen, Silke. Und verbinden müssen wir auch nichts, es blutet ja nicht mehr, und je weniger man daran herumfuhrwerkt, desto besser kann der Tierarzt das gleich verarzten. Na komm, Otto, rein mit dir."

Otto machte deutlich weniger Theater als seine Besitzerin, er stieg einfach ein und suchte gleich nach Heuresten auf dem Fußboden. Dieser Anblick beruhigte Kat jedenfalls schon mal sehr – Appetit hatte man ja normalerweise nur, wenn man sich nicht ganz schlecht fühlte. Anne schloss zusammen mit Claudia die Klappe und Tanja ging wieder zum Fahrersitz ihres Autos.

Anne trat zu Mom und legte ihr die Hand auf die Schulter. „Dein Auto fahre ich, Silke, und du setzt dich auf den Beifahrersitz. Du wirst wahrscheinlich ständig nach ihm sehen und das ist beim Fahren zu gefährlich."

Claudia stieg zu Tanja in den vorderen Wagen und Kat schob das Gerümpel auf der Rückbank des Froschautos beiseite und kletterte ebenfalls hinein. Dann fuhren sie langsam und schweigend zum Stall zurück. Anne hatte recht gehabt: Kat konnte gut sehen, wie Mom ständig den Hals reckte und das Stück von Otto, das über die Klappe zu sehen war, nicht aus den Augen ließ.

Erst als sie auf den Hof einbog, brach Anne das Schweigen. „Was ich auf jeden Fall nachher machen werde, ist, den Karstmann anzurufen und ihm wegen dieses alten Zauns ordentlich Dampf zu machen. Wenn es nicht unsere Pferde sind, hängen da nämlich früher oder später auch Rehe oder Vögel drin. Der soll den mal ganz schnell abbauen, sonst kriegt er's mit mir zu tun. – So, da wären wir."

Mom öffnete die Tür, während noch der Motor lief, sprang aus dem Auto und hastete zum Hänger hinüber. Kat beeilte sich, hinter ihr her zu kommen.

Das Ausladen ging ebenso problemlos vonstatten wie das Einladen und selbst Mom beruhigte sich langsam, vor allem, als der Tierarzt tatsächlich schon kam, kaum dass sie Otto in die Box gebracht und ein wenig abgerieben hatten.

Er war ein kleiner, rundlicher Mann und zeigte freundliche Lachfältchen um die Augen, als er Mom beruhigend anlächelte und ihr die Hand schüttelte. „Hallo, Frau Meißner. Na, dann wollen wir uns den Kriegsverletzten mal ansehen."

Die Untersuchung des Vorderbeins war schnell beendet. „Eine ordentliche Schramme, aber sonst nichts. Kein Gelenk in der Nähe und der Knochen ist auch noch weit weg. Das ist schnell wieder in Ordnung. Ich desinfiziere und verbinde das und dann kann es von allein heilen. In ein paar Tagen ist er wieder auf dem Damm."

„Müssen Sie nicht röntgen?", fragte Mom.

„Nein, das halte ich wirklich für unnötig. Er belastet das

Bein ja, das würde er nicht tun, wenn der Knochen beschädigt wäre. Ein Röntgenbild sollten wir höchstens machen, falls er in einer Woche immer noch lahmen sollte, was ich aber nicht glaube. Die Sache mit dem Hinterbein ist im Grunde fast gefährlicher", erklärte er. „Da könnten immerhin Sehnen verletzt worden sein."

Mom schnappte erschrocken nach Luft und Kat kaute besorgt auf der Unterlippe herum. Dr. Lehmann untersuchte vorsichtig Ottos Fessel, dann lächelte er Mom zu. „Entwarnung. Da ist nichts weiter passiert. Ich verarzte auch das und Sie sollten es natürlich weiter beobachten, schon allein, weil so weit unten Dreck und Bakterien an die Wunde kommen können. Aber da scheint er wirklich Glück im Unglück gehabt zu haben."

Ächzend richtete er sich nach getaner Arbeit wieder auf und klopfte Otto auf das Hinterteil. „Ich bin morgen Mittag sowieso wieder hier wegen einer Impfung, da schaue ich noch mal nach ihm. – Oh, Moment bitte." Er griff in seine Hosentasche und holte ein Handy heraus, das das typische Brummen des Vibrationsalarms von sich gab. „Lehmann? – Ja, auf jeden Fall. Und sie schwitzt? – Das klingt nicht gut. Ich komme sofort." Er steckte das Handy weg und wandte sich wieder Mom zu. „Notfall, ich muss los. Falls sich keine dramatische Änderung ergibt, sehen wir uns morgen, Frau Meißner."

Und schon war er aus der Box verschwunden. „Wiedersehen!", rief ihm Mom noch nach, seufzte tief auf und sagte mit Nachdruck: „Gott sei Dank!" Dann wandte sie sich Otto zu, um ihn ausgiebig zu knuddeln. Kat schlüpfte zu den beiden in die Box und kraulte Otto von der anderen Seite. Sie wusste genau, was Mom fühlte, ihr ging es schließlich genauso: Die Welt schien auf einmal um einiges heller geworden zu sein. Es war noch einmal alles gut gegangen!

Was Helli wohl zu all dem sagen würde? Kat schaute über Ottos Rücken zu Mom hinüber, die sicher noch eine ganze Weile hierbleiben würde, und beschloss, dass sie das ganze Drama jetzt sofort mit ihrer besten Freundin teilen musste.

„Bin mal kurz telefonieren“, sagte sie.

„Hm“, machte Mom und begann, Otto noch einmal mit einem weichen Tuch abzureiben.

Kat ging auf den Sattelplatz vor dem Stall hinaus und wählte. Hoffentlich wollte Helli überhaupt davon hören, sie war ja in letzter Zeit immer so komisch, wenn es um die Pferde ging. Aber diesmal war es doch sicher etwas anderes!

Helli ging gleich selbst ans Telefon. Was für ein Glück!

„Helli, oh Mann, ich bin am Stall und es ist so viel passiert und ich musste dich einfach sofort anrufen! Kannst du reden?“

„Worüber – über deine sportlichen Erfolge? Über irgendwelche blöden reitenden Jungs? Darüber, dass Otto dir peinlich ist? Nee, danke, kein Bedarf. Bis morgen.“

Es knackte in der Leitung, dann ertönte das Freizeichen. Helli hatte einfach aufgelegt!

Natürlich rief Kat sofort noch einmal an, aber Helli ging gar nicht mehr ans Telefon. Langsam nahm Kat das Handy vom Ohr und starrte auf das Display, das auf einmal vor ihren Augen verschwamm. Sie zwinkerte die aufsteigenden Tränen weg und schluckte heftig. Das war jetzt ein bisschen viel auf einmal – Otto verletzt, eine dramatische Rettungsaktion und nun auch noch ernsthafter Freundschafts-Knatsch! Vor allen Dingen wusste sie nicht einmal, warum Helli sauer auf sie war. Was hatte sie denn falsch gemacht? Einen Augenblick lang wollte sie sich einfach nur sagen, dass Helli blöd war, und sich über sie ärgern, aber dann ... Was hatte sie gesagt? Sie wolle nicht über Kats sportliche Erfolge reden, nicht über Rick und nicht darüber, dass Otto ihr peinlich sei. Aber darüber wollte Kat doch überhaupt nie reden, nicht nur jetzt nicht! Hatte sie das tatsächlich gemacht, und zwar so oft, dass sie Helli damit auf die Nerven ging?

Sie schluckte noch einmal und steckte das Handy weg, blieb aber stehen, wo sie war. Wenn sie so darüber nachdachte ... ja, sie hatte meist über das Reiten als Sport geredet. Es war aber doch auch einer! Und natürlich hatte sie über Rick gesprochen, weil sie seinetwegen ja überhaupt erst dabei gelandet war. Und Otto ... naja, er war nun mal kein Pferd für einen Schönheitswettbewerb. Aber er war doch viel mehr als nur peinlich. Er war eben Otto und sie hatte ihn gern, so wie er war. Hatte sie das Helli noch nie so gesagt? Aber warum war sie deswegen sauer?

Wobei – vielleicht musste man die Sache andersherum betrachten: Warum war das, was bei Helli ankam, so anders als das, was Kat selber fühlte und dachte? Da ging ja wohl so oder so etwas schief zwischen ihnen. Oder ging einfach nur bei ihr selbst etwas schief?

„Na, Kat, alles in Ordnung?"

Kat fuhr herum. Anne trat näher und legte ihr den Arm um die Schultern. „Sorry, ich wollte dich nicht auch noch erschrecken. Mach dir mal keine Sorgen, Otto wird wieder. So etwas kann halt manchmal passieren. Die beiden Pferde kannten sich nicht, und dann noch eine rossige Stute, um die sich alle reißen ... Da kann es schon mal zu einer kleinen Prügelei kommen. Aber es scheint ja wirklich alles glimpflich ausgegangen zu sein."

Anne drückte sie kurz an ihre Seite und Kat schniefte wieder, weil das so guttat.

„So, aber jetzt muss ich mal wieder, eine Reitstunde habe ich heute noch. Kommst du klar?"

„Ja. Und danke."

„Dann bis später. Und kümmere dich ein bisschen um deine Mutter, die Arme ist ja völlig neben der Spur. Hoffentlich verbringt sie die Nacht nicht hier im Stall und holt sich noch eine Erkältung. Nachts wird es doch noch sehr kühl!"

„Ich werde versuchen, sie heute Abend nach Hause zu lotsen."

Während Anne weiter zur Reithalle ging, drehte Kat sich um und kehrte in den Stall zurück. Die Sache mit Helli lag ihr immer noch wie ein Klumpen im Bauch und es war scheußlich, nichts dagegen tun zu können. Aber um Mom und Otto konnte sie sich wenigstens kümmern.

11. Kapitel

... enthält Geständnisse auf dem Schulweg, einige Ungeduld und den Tierarzt.

Mom war tatsächlich so vernünftig gewesen, zu Hause zu schlafen, nachdem sie spät am Abend noch einmal nach Otto gesehen hatte. Ein klein wenig beruhigt, weil sich bis dahin offenbar nichts verändert hatte, gingen sie ins Bett. Kats Vater legte einen Arm um Moms Schultern, als sie ins Schlafzimmer gingen, und Kat hörte, wie er leise sagte: „Siehst du, dein Otto hoppelt wahrscheinlich am Samstag wieder munter auf der Wiese herum."

„Er hoppelt nicht, Andreas, er ist doch kein Kaninchen!", sagte Mom, trotz aller Sorge milde empört, dann schloss sich die Tür hinter ihnen und Kat verzog sich in ihr eigenes Bett. Sie war schrecklich müde, aber sie schlief trotzdem schlecht. Zuerst brauchte sie ewig zum Einschlafen, weil sie immer wieder die Ereignisse des Tages im Kopf durchging. Und dann träumte sie wirres Zeug. Das Einzige, woran sie sich am Morgen noch erinnern konnte, waren eine Menge Drähte, in denen sie sich verfing und die sie zu erwürgen drohten, während Helli ungerührt danebenstand und „Stolz und Vorurteil" las. Das Weckerklingeln, das diese unschöne Szene unterbrach, war ausnahmsweise einmal ein richtig erfreuliches Geräusch.

Wie gerädert quälte Kat sich aus dem Bett und unter die Dusche, das half schon mal ein klein wenig, wenn auch nicht viel. Dass sie ausgerechnet in der ersten Stunde diese Französischarbeit schreiben musste, für die sie gestern natürlich nicht mehr gelernt hatte, machte die Sache auch nicht unbedingt besser. Kat war gerade dabei, die Schatten unter ihren Augen mit ein wenig Make-up abzudecken, als Mom ins Bad gestürzt kam.

„Morgen! Entschuldige, dass ich hier so reinplatze, aber ich war gerade am Stall und sein Vorderbein ist dick! Hoffentlich ist das kein Einschuss! Ach, Kat, ich habe richtig Angst. Ich hab ihn doch so lieb. Meinst du, das ist verkehrt, ein Tier so lieb zu haben?"

„Ach, Mom", sagte Kat und drückte sie schnell. „Ich hab ihn doch auch lieb. Was ist denn ein Einschuss?"

„Das ist, wenn Bakterien in eine Wunde eindringen und dann eine Entzündung verursachen, die sich ganz schnell ausbreitet. Ich habe Dr. Lehmann schon angerufen, aber er sagt, dass er trotzdem erst gegen halb eins kommt. Es ist ja noch nicht das ganze Bein dick, sondern nur ein bisschen rund um die Wunde. Ich mache mir wahrscheinlich zu viele Sorgen, aber wenn es doch eine Entzündung ist ..."

„Kannst du nicht Anne nachher noch mal fragen? Die kennt sich doch bestimmt mit sowas besser aus!"

„Ja, das mache ich. Entschuldige, dass ich dich damit am frühen Morgen überfalle, aber dein Vater ist schon weg, außerdem versteht er das doch nicht so gut wie du. Aber jetzt lasse ich dich auch erst mal in Ruhe."

Kat frühstückte heute nur spärlich, sie hatte keinen richtigen Hunger. Außerdem war sie schon spät dran, und wenn sie sich nicht vor die Haustür stellte, würde Helli womöglich noch vorbeigehen und nicht klingeln wie sonst, und das ging heute einfach gar nicht!

Sie zog gerade die Tür hinter sich zu, als Helli die Straße

entlangkam. Helli stockte kurz, als sie Kat sah, und ging dann schneller. „Morgen“, sagte sie und schaute Kat dabei nicht an.

Kat rannte durch den Vorgarten und griff nach Hellis Arm. „Helli! Ich weiß, du bist sauer auf mich, und ich hab mich auch blöd benommen und so, aber ich brauche dich jetzt – Otto ist verletzt und Mom völlig neben der Spur und vielleicht hat er sogar einen Einschuss und wir mussten ihn aus einem Zaun rausschneiden und ...“

„Was?“ Helli war stehen geblieben und schaute Kat entsetzt an. „Verletzt? Wie? Was ist passiert? Was für ein Zaun?“

Kat holte tief Luft und erzählte, während sie losgingen, von dem Augenblick an, als sie am Putzplatz standen und Summerboy vorbeigekommen war, bis zu dem möglichen Einschuss von heute morgen.

„So ein Riesen- Mist“, sagte Helli, als Kat fertig war, und weil sie so selten Schimpfwörter benutzte, war es umso bedeutsamer, wenn sie es dann doch mal tat. „Und ich habe dich einfach abgesägt und alleine gelassen am Telefon.“

„Ja, das hat weh getan“, sagte Kat, einfach, weil es stimmte. „Sagst du mir jetzt endlich, warum du dauernd so gereizt bist, wenn es um die Pferde geht?“

Helli schluckte. „Weil ich es einfach nicht aushalten kann, darum!“, platzte sie dann heraus.

„Was? Dass ich reiten darf und du nicht? Da kann ich doch nichts für!“

„Weiß ich ja. Trotzdem ist es einfach unfair, dass du reitest und bei den Pferden bist und alles, obwohl sie dich doch eigentlich nie interessiert haben. Und ich darf nicht.“

„Aber deswegen hast du mich gestern doch nicht am Telefon angeblafft“, stellte Kat fest. „Du bist doch nicht einfach nur neidisch, oder?“

Helli blieb wieder stehen und kaute einen Augenblick lang an ihrer Unterlippe herum. „Schon auch. Aber das Schlimmste ist eigentlich ..." Sie schaute Kat an und holte tief Luft. „Weißt du, für dich ist es bloß ein Sport, aber für mich wäre es viel mehr, weil ich einfach mit den Pferden zusammen sein möchte. Ich bräuchte gar nicht unbedingt zu reiten. Und wenn du mir dann immer unter die Nase reibst, dass du ja gar nichts mit dem Drumherum anfangen kannst, was für mich das Schönste ist – kannst du dir vorstellen, wie ätzend das ist?"

„Ja", sagte Kat kleinlaut und musste einen Kloß herunterschlucken. „Ich glaube schon. Und es tut mir total leid, Helli. Vor allen Dingen ... Mann, ich war sowas von doof! Weißt du, ich habe die ganze Zeit nicht mal vor mir selber zugeben wollen, dass ich Unrecht hatte. Dass Pferde nicht blöd und rosa Mädchenkram sind und dass ich dieses komische Pferdevirus eben doch abgekriegt habe. Dass ich einfach gerne am Stall bin und das nicht nur wegen Rick oder Mom oder als Sport, sondern weil Pferde toll sind und Otto ganz besonders. Also habe ich es immer runtergespielt. Wie du dich dabei fühlen musstest, darüber habe ich blöde Kuh überhaupt nicht nachgedacht."

„Wir sind vielleicht tolle Freundinnen", sagte Helli leise. „Neidisch sein und nicht darüber reden, unsensibel sein und nicht über die andere nachdenken, und dann auch noch die andere hängen lassen, wenn man gebraucht wird ..."

„Aber jetzt haben wir ja darüber geredet und uns entschuldigt, oder? Ich werde dich ganz bestimmt nicht wieder mit diesem blöden Getue nerven. Und du – also, ich meine, das mit dem Neid, das kannst du wahrscheinlich nicht so einfach abstellen, aber –"

„Aber ich kann's zumindest versuchen und mich nicht darin vergraben. Und das genießen, was geht. Schließlich darf ich ja ab und zu mit zum Stall."

„Und vielleicht kriegen wir deine Eltern früher oder später auch dazu, dass du regelmäßig darfst. Wenn nicht zum Reiten, dann wenigstens zum Kuscheln und zum Ausmisten – das kann doch wohl nicht hochmütig machen, oder?“

„Sag das mal meinen Eltern ...“

„Vielleicht kann Mom sie ja überzeugen?“

„Lass es lieber, das kann auch schiefgehen. Womöglich darf ich dann überhaupt nicht mehr mit.“

Inzwischen waren sie vor der Schule angekommen. „Du, Helli? Sind wir dann wieder okay? Ich meine, so als Freundinnen?“

Helli nickte heftig und dann umarmten sie sich. Ein Stein war Kat damit schon mal vom Herzen gefallen. Bloß der wegen Ottos Beinen blieb.

Während sie die Treppe hinaufhasteten, um noch rechtzeitig zur Französischarbeit im Klassenzimmer zu sein, fragte Helli: „Wann kommt denn der Tierarzt?“

„Mittags, so gegen halb eins. So was Blödes, dass wir da noch Sport haben!“

Helli grinste sie von der Seite an. „Dass ich das noch mal von dir höre! Ich dagegen sage ja schon immer, dass Sport blöd ist.“

Kat grinste zurück und es tat sehr gut, dass das nun wieder möglich war. „Heute ist eine Ausnahme.“

Frau Seidel war noch nicht da, als sie sich auf ihre Plätze setzten, und Kat nutzte das für eine Frage. „Du, Helli? Du hast doch bestimmt schon mehr Bücher gelesen über sowas. Weißt du, wie schlimm so ein Einschuss ist?“

Helli zuckte mit den Achseln. „Ich hab auch noch keine Super-Fachbücher gelesen! So Zeug haben sie in der Stadtbücherei nicht.“

In diesem Augenblick klingelte es und gleichzeitig betrat Frau Seidel das Klassenzimmer. „Guten Morgen! Na, seid ihr fit für das *passé composé*?“ Natürlich wartete sie nicht auf eine Antwort, bevor sie die Arbeitsblätter für den Französischtest austeilte.

Und damit nahm der Schultag seinen unerfreulich langen Lauf. Heute war es besonders schlimm. Die Französischarbeit ging natürlich wie erwartet in die Hose und in den folgenden Schulstunden schaute Kat ständig auf die Uhr, während Helli kleine Pferde mit traurigen Gesichtern und dicken Verbänden um die Beine auf ihr Löschblatt malte. Konzentrieren konnten sie sich beide nicht besonders und der Vormittag wollte und wollte kein Ende nehmen.

„So, und wenn dann auch die Damen Katharina und Helene ihre geschätzte Aufmerksamkeit wieder der Zellteilung zuwenden wollen, können wir die Dinger auch heute noch auseinanderkriegen."

Helli zuckte zusammen und ließ schuldbewusst den Stift fallen und Kat seufzte und verdrehte genervt die Augen. Normalerweise mochte sie den Biolehrer und seinen Humor ja ganz gern, aber heute hatte sie einfach Wichtigeres im Kopf als Chloroplasten und Membranen. Aber sie bemühte sich, ab jetzt wenigstens so auszusehen, als höre sie zu.

Zum Glück war auch diese fünfte Stunde bald um. Damit kam der Tierarzttermin immer näher. Ob Mom schon am Stall war?

„Gut, damit seid ihr einigermaßen über die Vermehrung von Zellen informiert. Hoffen wir, dass sich eure Hirnzellen während dieser Stunde genau damit vergnügt haben. – Ach so, ihr habt übrigens jetzt Schulschluss. Herr Kreyling ist krank, der Sportunterricht muss leider ausfallen."

Wahnsinn! Kat wechselte einen Blick mit Helli. Sie mussten sich gar nicht weiter absprechen, der Plan war klar: Auf zum Stall! Vor allen anderen hatten sie ihre Sachen zusammengepackt, als es klingelte, und rannten nach Hause.

***

„In zehn Minuten bin ich mit dem Fahrrad wieder hier, okay?“, keuchte Helli vor Meißners Gartentür.

„Ach was, das kostet doch viel zu viel Zeit! Wir nehmen einfach Moms!“

Helli zögerte. „Ich kann doch nicht einfach mit dem Fahrrad von deiner Mutter fahren, ohne zu fragen!“

„Dann fahre eben ich ohne zu fragen damit und du nimmst meins. Warte, ich schließe schnell auf, die Rucksäcke brauchen wir ja nicht mitzunehmen.“

Helli widersprach nicht weiter, sondern feuerte ihre Tasche zu Kats in den Flur. Kurz darauf hatten sie die Fahrräder aus der Garage geholt und traten in die Pedale wie die Rennfahrer bei der Tour de France.

Um viertel vor eins kamen sie am Stall an. Kat sah ihre Mutter schon von Weitem vor dem Stall auf und ab tigern. „Ich glaube, der Tierarzt war noch gar nicht da!“, keuchte sie, als sie Moms Rad hastig in den Fahrradständer am Parkplatz schob und ungeduldig wartete, bis Helli ihres danebengestellt hatte. Gemeinsam rannten sie zum mittleren Stall.

Mom schaute sie an, als seien sie Aliens, direkt aus der fliegenden Untertasse entsprungen. „Was macht ihr denn hier?“

„Sport ist ausgefallen. War der Tierarzt noch nicht da?“

„Nein, er –“ Sie unterbrach sich. „Da kommt er ja! Endlich!“

Kat drehte sich um. Tatsächlich, gerade kam Dr. Lehmann mit einer schwarzen Tasche um die Ecke und lächelte Mom an. „Na, Frau Meißner? Schauen wir mal, was die Beine machen.“

Kat und Helli blieben vor der Box stehen, während der Tierarzt den Verband von Ottos Vorderbein wickelte und Mom ihren Liebling beruhigte. Nicht dass das nötig gewesen wäre, Otto stand völlig entspannt da und ließ alles mit sich machen.

Dr. Lehmann untersuchte das Bein genau und schaute dann zu Mom hoch. „Also, ein Einschuss ist das nicht, sondern einfach nur ein kleiner Bluterguss vom Tritt. Fühlen Sie mal – da ist nichts heiß, also auch nichts entzündet. Und die Wunde schließt sich schon schön." Er legte einen neuen Verband an. „Den Verband wechseln Sie jeden Tag, dann können Sie auch gleich noch mal draufschauen, ob es gut verheilt. Sie können doch einen Verband wickeln, oder?"

Mom nickte.

„Gut. Dann schauen wir noch nach dem Hinterbein. Das ist die gefährdetere Stelle für einen Einschuss, da sollten Sie den Verband anfangs vielleicht sogar noch häufiger wechseln, weil zu viel Feuchtigkeit und Mist rankommt. – Aber das sieht auch gut aus."

Er wickelte eine neue weiche Mullbinde mit einer Wundauflage sorgfältig wieder um Ottos Fessel und befestigte alles genauso wie beim Vorderbein mit einem leuchtend blauen, selbstklebenden Tape, bevor er sich erhob. „Ich würde vorschlagen, Sie lassen ihn sicherheitshalber zwei oder drei Tage stehen. Gehen Sie ab morgen ein bisschen mit ihm spazieren, wenn die Wunde weiter so gut verheilt, und dann können Sie ihn spätestens am Samstag wieder auf die Koppel schicken. Lassen Sie Anne Krämer am Freitag noch mal draufschauen, die hat genug Pferdeerfahrung und weiß, wann er wieder fit ist. Wenn sich sein Allgemeinbefinden verschlechtert oder die Wunden schlecht heilen oder merkwürdig aussehen, rufen Sie mich. Ansonsten wie gesagt: Verband wechseln, beobachten, aufpassen, dass kein Dreck drankommt, und dann wird das ruckzuck wieder."

Die Erleichterung strahlte Mom aus allen Poren. „Danke!"

„Keine Ursache, Sie bezahlen mich ja schließlich." Er grinste breit und trat von Ottos Bein zurück. Dann schüttelte er den Kopf. „Was mir übrigens mehr Sorgen macht als beide Kratzer, das ist sein Übergewicht. Der Junge hat ja schon Speckfalten an der Brust! Und wie der Hals vorne wabbelt! Wirklich, das sollten Sie nicht zu leicht nehmen, sonst haben Sie schneller eine Rehe am Hals, als Sie husten können."

Eine was bitte? Ein weibliches Reh hieß doch Ricke! Und überhaupt, das gab ja auch keinen Sinn. Es musste also wohl etwas anderes bedeuten. Kat schubste Helli an. „Was denn für ein Reh?“, flüsterte sie ihr zu.

Helli grinste. „Kein Reh, Rehe! Hufrehe. Das ist eine Hufkrankheit, die ziemlich schmerzhaft ist und auch ziemlich gefährlich. Wenn das ganz schlimm ist und zu spät was dagegen gemacht wird, kann ein Pferd davon dauerhaft lahm werden und sogar eingeschläfert werden müssen, weil es ständig Schmerzen hat. Aber das muss Otto natürlich nicht gleich kriegen.“

Der Tierarzt verabschiedete sich und ging. Kat trat in die Tür und lehnte sich gegen die Boxenwand. „Und, erleichtert?“, fragte sie ihre Mutter.

„Und wie! Gott sei Dank! Und das meine ich jetzt genau so.“ Sie lächelte Helli zu. „Schön, dass du mitgekommen bist, Helli. Ich muss noch ausmisten. Solange könnt ihr ihn ja ausgiebig knuddeln. Ich glaube, das braucht er jetzt.“

Helli biss sich auf der Unterlippe herum. „Ich könnte auch helfen beim Misten …“

„Mit der hellen Hose und den Ballerinas? Deine Mutter bringt mich am Sonntag um, wenn ich das zulasse. Oh, und wo wir schon dabei sind: Otto verliert immer noch ein bisschen Winterfell. Nimm das mit dem Knuddeln also nicht zu wörtlich, sondern komm ihm mit den Klamotten nicht allzu nahe.“

„Ich passe schon auf“, beteuerte Helli. Die Sorge, Mom könnte sich das überlegen und sagen, sie solle ihm lieber gar nicht nahe kommen, stand ihr ins Gesicht geschrieben. Aber die war wirklich nicht nötig. Mom brachte Otto auf die Stallgasse und die nächste Viertelstunde verbrachten Kat und Helli damit, ihn an allen möglichen Stellen zu kraulen. Kat lächelte Helli über den Pferderücken zu und bemerkte wieder einmal, wie viel schöner doch alles war, wenn man es mit der besten Freundin zusammen tat. Vor allem, wenn man sich gerade erst wieder vertragen hatte.

12. Kapitel

... enthält viel Tiefkühlpizza und noch mehr Bandagengewirr, außerdem Geläster und Ronja Räubertochter.

Als Kat am Freitag nach der Schule nach Hause kam, ihre Tasche in eine Ecke kickte und die Lederjacke gekonnt auf einen Haken an der Garderobe warf, war von Mittagessen nichts zu riechen oder zu hören. Mom würde doch wohl nicht etwa ...?

Sie trabte in die Küche, wo sie wie befürchtet ihren Vater vor einem kalten Herd vorfand, eine Pizzaschachtel in der Hand. „Hallo, Töchterlein. Na, wenigstens du bist noch da!"

„Hallo Papa." Sie wartete, bis er die Pizza aus der Schachtel bugsiert hatte, und zog ihn dann zu sich hinunter, um ihm einen Kuss auf die Wange zu drücken. „Ist Mom schon wieder am Stall?"

Ihr Vater seufzte tief. „Ja, leider. Also wieder Pizza. Ravioli hatten wir ja gestern."

Kat ging zum Kühlschrank und holte sich eine Pizza heraus. Es war nur noch Salami da, nicht gerade die aufregendste Sorte. Sie verzog das Gesicht. „Eigentlich mag ich ja Pizza, aber irgendwann ist es dann auch mal gut. Was macht sie denn bloß dauernd bei Otto?"

Ihr Vater nahm die gefrorene Teigscheibe entgegen und steckte sie zu seiner in den Ofen. „Das weißt du wahrscheinlich besser als ich. Ich interessiere mich ja nicht mal für Pferde. Aber nach dem Zettel auf dem Tisch zu urteilen muss ich mir wohl Gedanken um meine Ehe machen: Meine Frau geht mit einem Pferd fremd."

Kat kicherte und schnappte sich den zweitverwendeten Briefumschlag vom Esstisch. „*Konnte nicht aushalten, ihn alleine zu lassen. Pizza im Gef.schr.*", las sie vor. „Typisch Mom."

„Ich frage mich ja, ob sich das arme Tier nicht langsam genervt fühlt, wenn sie ihm ständig auf der Pelle hockt."

„Och, da habe ich keine Bedenken. Sie hat erst gestern eine neue Packung Pferdeleckerlis gekauft – Otto freut sich bestimmt, wenn sie kommt!"

„Jaja, Liebe geht durch den Magen", seufzte er und deutete mit tragischem Gesichtsausdruck auf die leeren Schachteln, bevor er sie zum Mülleimer brachte. „In diesem Fall bringen allerdings wir eine Menge Liebe auf, ohne was Gescheites zu essen zu kriegen ... Wie lange dauert das eurer Meinung nach, bis die Verletzung verheilt ist?"

Kat zuckte mit den Achseln. „Der Tierarzt sagte, heute oder morgen könnte er wahrscheinlich wieder auf die Koppel. Ob Mom sich traut, ihn heute schon rauszulassen, ist eine andere Frage. Wenn ich mal richtig krank bin, will sie mich ja auch immer viel länger vom Sport abhalten als nötig."

„Na, wenigstens ist morgen Samstag, dann kann sie so lange im Stall bleiben, wie sie will, da koche ich. Freu dich auf exquisite Mahlzeiten, die habe ich mir verdient. – Und, wie war die Schule?"

„Wie Schule halt."

„Ach, Katharina. Lass dir doch nicht alles aus der Nase ziehen."

Kat seufzte und erzählte von der neuen Referendarin in Reli und dem nicht funktionierenden Experiment im Chemieunterricht – „Eigentlich hätte es jetzt knallen müssen" war schon eine gängige Redewendung, wenn von Herrn Schmidt gesprochen wurde.

Ihr Vater lachte und sprang dann hastig von seinem Stuhl auf, um die Pizzen aus dem Ofen zu holen, bevor sie schwarz wurden. Natürlich hätten sie lieber etwas anderes gegessen, aber das hinderte weder Kat noch ihren Vater daran, sich hungrig daraufzustürzen.

Während sie kaute, fragte sich Kat, ob Mom vielleicht doch nicht ohne Grund am Stall war. Womöglich ging es Otto auf einmal wieder schlechter? Der Gedanke machte sie ganz kribbelig vor Sorge. Schon komisch, wie sehr die „Dampfwalze" sich in den letzten Wochen in ihr Herz geschlichen hatte.

„Weißt du was?", sagte sie, während sie sich das letzte Stück fettige Salami in den Mund schob. „Ich glaube, ich fahre gleich mal zum Stall und gucke nach, was Mom macht."

„Ja, ja", seufzte er. „Auch meine Tochter ist diesem verführerischen Pferd verfallen und lässt mich allein zurück."

„Tss", machte Kat und trug ihren Teller zur Spülmaschine. „Du musst doch eh gleich wieder arbeiten gehen."

Er stand ebenfalls auf und seufzte noch einmal. „Wo du recht hast, hast du recht. Dann bis heute Abend – und ich erwarte dann einen detaillierten Bericht!"

„Aye aye, Käpt'n!"

Während ihr Vater lächelnd die Küche verließ, stellte Kat die Spülmaschine an. Sie stürmte schon die Treppe hinauf, um sich für den Stall umzuziehen, als sie die Haustür klappen hörte.

***

Die Sonne schien von einem knallblauen Himmel herab, als Kat aus dem Haus trat, und schon nach zehn Minuten auf dem Fahrrad zog sie ihre Jacke aus und stopfte sie in die Packtasche. Amseln schmetterten sich in jedem Vorgarten die Seele aus dem Leib und die Magnolienbäume standen in fast schon kitschig übertriebener Blüte. In den Gärten brummten die Rasenmäher. Der Frühling war überall zu sehen, zu riechen und zu spüren. So herrliches Wetter und der arme Otto musste im Stall stehen! Ein bisschen verstand Kat ihre Mutter ja schon, selbst wenn die Wunde weiterhin gut heilte und sich nicht plötzlich entzündet hatte oder so ... Du liebe Zeit, jetzt fing sie schon genauso an wie ihre Mutter! Sie schüttelte den Kopf, um die Sorgenphantasien loszuwerden, und trat stattdessen kräftiger in die Pedale.

Am Parkplatz angekommen, ließ sie das Fahrrad neben dem recht vollen Ständer auf den Rasen fallen. Dann beeilte sie sich, am Reitplatz vorbei zum hinteren Stall zu kommen. Anne war dort gerade dabei, Tanja auf ihrem Summerboy Unterricht zu geben. Auch wenn es einfach nur normales Pferdeverhalten gewesen war – so ganz konnte Kat dem hübschen Falben den Angriff auf Otto ja noch nicht verzeihen!

Sie bog gerade um die leeren Paddocks des mittleren Stalls herum, als sie Mädchenstimmen hörte.

„... und dann rannte sie an mir vorbei, die Bandagen hatten sich teilweise abgerollt und flatterten hinter ihr her, sah aus, als ob sie mit wehenden Fahnen in den Kampf stürmen würde“, gluckste die eine gerade.

Jetzt konnte Kat auch sehen, wer da sprach: Auf dem Sattelplatz des mittleren Stalls standen Lara und ihr Brauner Pinch und ein anderes Mädchen neben einem Schimmel mit dem Rücken zu Kat und kicherten.

„Dabei verheilen die Wunden total gut. Ich glaube, die hat das Pony nicht gekauft, sondern adoptiert. Die reinste Pferdemama“, sagte Lara jetzt.

„Hat sie eigentlich Kinder?“

Lara nickte. „Eins. Aber Kat ist echt in Ordnung, ich war neulich mal mit ihr in der Reitstunde. Keine Ahnung, wie die das hingekriegt hat, so normal zu bleiben."

Kat blieb stehen und wusste nicht, ob sie sich über das Kompliment freuen, über den Spott über ihre Mutter ärgern oder sich für sie schämen sollte.

Das andere Mädchen warf die braunen Haare zurück und stülpte sich einen Reithelm darüber, nur um ihn gleich wieder abzunehmen, weil eine Strähne ihr in die Augen geraten war. „Also, ich würde mich ja schon gar nicht mehr hertrauen, so peinlich wie Silke ist. Ich meine, so ist das ja lustig, aber als Mutter? Du meine Güte!"

„Aber wirklich. Ich meine – klar würde ich mich um Pinch kümmern, wenn er sich verletzt, aber doch nicht stundenlang in seiner Box hocken und Gedichte vorlesen. Die hat echt 'n Rad ab."

„Und das bei diesem fehlproportionierten Weideunfall – hast du dir mal die Dackelbeine im Vergleich zur Körperlänge angesehen? Oder zum Kopf? Ich frage mich, wer das witzig fand, da irgendwelche x-beliebigen fetten Ponys aufeinander zu schicken. Und dann auch noch der Name ..."

Beide prusteten wieder los.

Kat spürte, wie ihr das Blut ins Gesicht schoss. Wenn sie jetzt etwas zur Verteidigung ihrer Mutter und Ottos sagte, hätte sie den Bonus wieder verspielt, den sie bei Lara offenbar hatte. Und außerdem stimmte im Grunde ja alles, auch wenn es gemein war, sich so darüber lustig zu machen. Sie wollte gerade ein paar Schritte zurückgehen, um einen Bogen zum Stalleingang zu machen und so zu tun, als hätte sie die Unterhaltung nicht gehört – aber dann stoppte sie plötzlich.

Mann, benahm sie sich feige. Und so was von angepasst und wie eine Mitläuferin noch dazu! Sie wollte nicht mitlachen, aber auch nichts gegen das Lästern sagen, also machte sie einen Bogen und ignorierte es.

Nein, so wollte sie doch eigentlich gerade nicht sein. Kat drehte sich um und ging zum Anbindebalken hinüber. „Hi“, sagte sie. Musste ihr Herz jetzt so dumm anfangen, gegen ihre Brust zu wummern?

„Hallo Kat!“ Lara lächelte ihr zu und sah kein bisschen schuldbewusst aus. „Wir haben gerade über deine Mutter und ihr Pony gesprochen, Michelle und ich. Reitest du den eigentlich auch manchmal?“

Kat holte tief Luft. „Eigentlich sogar meistens. Otto ist nicht perfekt, klar. Er ist zu dick und ein komischer Mix und hat einen Dickschädel ohne Rücksicht auf Verluste – aber er ist unser Pferd, er hat Charakter und kann total verschmust sein und freundlich und man sitzt auf ihm wie auf einem Sofa. Er ist genau das richtige Pferd für uns. Und meine Mutter liebt ihn nun mal. Ja, das ist peinlich, wie sie sich dabei manchmal aufführt. Aber ehrlich gesagt ist es mir lieber, wenn sie peinlich ist, als wenn sie mich zum Beispiel ständig kontrollieren und verlangen würde, dass ich alles perfekt mache oder so. Ich hab sie lieb, so wie sie ist, und Otto mag ich auch.“

Das andere Mädchen lachte nervös. „Na, das war ja mal eine Ansage ...“

Lara runzelte die Stirn. „Ist das jetzt ein Angriff oder Kritik oder was?“

„Nein“, sagte Kat und lächelte. Auf einmal fühlte es sich richtig gut an, hier zu stehen. „Nur meine Sicht der Dinge.“

„Okay“, sagte Lara gedehnt und fügte nach einer kleinen Pause hinzu: „War ja auch nicht böse gemeint.“

„Weiß ich. – Geht ihr in die Halle oder reitet ihr aus?“

Lara schüttelte den Kopf, sichtlich erleichtert über den Themenwechsel. „Nein, das traue ich mich mit Pinch noch lange nicht. Der Kleine ist einfach noch viel zu nervös und ich bin noch zu unsicher. Mal ganz davon abgesehen, dass er sauteuer war und meine Eltern einen Herzanfall kriegen würden, wenn ihm da draußen etwas passiert. Wenn es darum geht, seid ihr mit eurem Pony wahrscheinlich sogar im Vorteil. Der lässt sich doch durch nichts aus der Ruhe bringen ..."

Kat grinste. „Stimmt. Nicht mal durch Schenkel oder Schnalzen."

Die beiden Mädchen lachten und hinter Kat sagte eine Stimme: „Auf Bisse und Huftritte reagiert er aber schon ganz gut und die eigentlichen Hilfen kriegen wir auch noch hin."

Kat fuhr herum. „Mann, Anne, hast du mich erschreckt! Ich hab dich überhaupt nicht kommen hören!"

„Tja, der Cowboyhut täuscht – eigentlich bin ich eine Indianer-Squaw und übe das Anschleichen. Im Moment bin ich auf dem Kriegspfad in Richtung deiner Mutter, wollte mal nach ihr sehen oder besser gesagt: nach ihrem Pony."

„Ich war auch gerade auf dem Weg dahin."

„Na, dann komm, meine Schwester, lassen wir die beiden Bleichgesichter in die Reithalle abdampfen und begeben uns in das Zelt des kranken Kriegers."

Kat musste lachen. „‚Kranker Krieger' gefällt mir."

Lara setzte ihren Helm auf. „Okay, dann wollen wir mal. Pinch wird eh schon ungeduldig. Ciao Kat, man sieht sich!"

„See ya", sagte Kat und legte eine Hand an einen imaginären Colt und die andere an einen ebenso imaginären Hut. Lara wandte sich kichernd wieder ihrem Pferd zu und Kat hatte es auf einmal so eilig, zu Otto und Mom zu kommen, dass Anne kaum mit ihr Schritt halten konnte. Vielleicht lag das daran, dass sie sich so leicht fühlte wie lange nicht mehr.

***

Aus Ottos Box drang eine leise Stimme. Las Mom ihrem Pferd etwa tatsächlich Gedichte vor? Als sie näher kamen, erkannte Kat den Text sehr schnell. Keine Gedichte – es war die Szene aus Astrid Lindgrens „Ronja Räubertochter", in der Ronja und Birk die wilden Pferde fingen. Moms Lieblingsstelle – und nach wie vor eins ihrer Lieblingsbücher. Auch mit neununddreißig.

Kat drehte sich zu Anne um und legte den Finger auf den Mund. Anne lächelte und nickte. Vor der Box blieben sie stehen und hörten einen Augenblick zu. Mom saß auf dem Boden im Stroh, das Buch vor sich auf den Knien und die alte orangefarbene Strandtasche neben sich, in der sich zusammengeknüllte Verbände, Watte und diverse Salbentöpfe und -tuben tummelten. Otto stand vor ihr, die Unterlippe entspannt herunterhängend. Beide Beine waren jeweils mit einer dicken Schicht Watte und Bandagen umwickelt. Es sah fast so aus, als höre er tatsächlich zu, was Mom von Racker und Wildfang vorlas und von wilden Ritten durch den Mattiswald – aber zu beneiden schien er die beiden Wildpferde eher nicht.

Mom hatte Strohhalme und eine Menge Pferdehaare auf der Fleecejacke und Kat beobachtete sie liebevoll, während sie den vertrauten Worten der Geschichte lauschte, die früher auch ihre Lieblingsgeschichte gewesen war. Sie hatte immer so sein wollen wie Ronja: stark und wild und treu – im Grunde wollte sie das auch jetzt noch. Und vielleicht hatte sie ja in gewisser Weise in den letzten Tagen den ersten Schritt dazu gemacht ...

Merkwürdig eigentlich, dass sie nicht schon längst bemerkt hatte, dass bei ihr etwas schieflief. Vielleicht hätte sie schon eher mal wieder an Ronja denken sollen. Man war eben nicht dadurch unabhängig, dass man alles anders machte als die anderen und möglichst cool tat, sondern indem man auf das eigene Herz hörte, eine eigene Meinung hatte und diese dann auch vertrat.

Wenn man dagegen gar keine Meinung hatte und sich nie ganz und vor allen anderen für etwas entscheiden wollte, was man tief drinnen liebte, bloß weil das irgendwie peinlich sein könnte, dann war man nicht unabhängig, sondern einfach bloß feige. So wie Kat mit ihrer Pferdeliebe vor Helli oder eben gerade beinahe vor den beiden Mädchen. Und solche Entscheidungen lauerten wohl überall.

Auf einmal fiel ihr auch die Entscheidung wieder ein, die sie über ihr Christsein noch treffen musste. Sie hatte in den letzten Tagen nicht allzu oft darüber nachgedacht, die Sache mit Otto hatte alles andere in den Hintergrund gedrängt. Aber in diesem Moment wurde ihr klar, dass sie eigentlich gar nicht großartig pro und kontra abzuwägen brauchte. Denn „Nein" würde bedeuten, auf die Momente mit Gott zu verzichten, in denen sie spürte, dass er ihr ganz nahe war, dass er wusste, was gut für sie war, und dass er mit ihr zusammen sein wollte ... Hier ging es um Liebe, nicht um ein Wahlpflichtfach in der Schule. Es ging um Jesus und sie – und nicht ums Bibellesen, den sonntäglichen Gottesdienstbesuch oder das andere Drumherum. Und wenn Kat daran dachte, was er für sie getan hatte, als er am Kreuz gestorben war – dann konnte es gar keine andere Antwort geben als „Ja". Und diese Antwort gab sie am besten sofort, wo sie schon dabei war.

Während Mom immer noch aus „Ronja Räubertochter" vorlas, rief Kat in Gedanken bei Gott an und sagte ihm, dass sie weiter zusammen mit ihm durchs Leben stolpern wollte und wie cool sie es fand, dass er sie nicht dazu zwang, sondern sie sich selbst entscheiden durfte.

Sie war genau in dem Moment mit ihrem Gebet fertig, als die Szene im Buch zu Ende war und Mom das Buch zuklappte. „So, das reicht jetzt aber. Du armes Pferd brauchst sicher auch irgendwann mal deine Ruhe vor deiner Besitzerin, was?" Dann entdeckte sie Kat und Anne vor der Box. „Huch! Hallo auch! Steht ihr schon länger da?"

Kat grinste sie an. „Erst seit dem großen Frühlingsschrei."

„Ach so", sagte Mom und lachte. „Jetzt haltet ihr mich für endgültig bekloppt, oder?"

Anne lächelte nur, während Kat die Tür öffnete, in die Box hineinschlüpfte und ihrer Mutter spontan einen Kuss auf die Wange drückte. „Ja. Aber liebenswert bekloppt."

Mom lachte wieder und steckte das Buch in die Strandtasche.

„Und, wie sieht's aus, was machen Ottos Beine?", fragte Anne.

„Heilen gut. Er scheint kaum noch Schmerzen zu haben, so wie er beide Beine schon wieder belastet. Sogar ich bin inzwischen nicht mehr panisch. Aber das muss mich ja nicht daran hindern, ihn ein bisschen zu verwöhnen, wenn er schon alleine hier im Stall stehen muss! Und er ist ja so geduldig und lieb ..." Sie trat auf ihr Pferd zu und kraulte ihm die Stirn unter dem dichten Schopf.

Anne nickte. „Ja, das ist er auf jeden Fall. Wenn die anderen auf die Weide gebracht werden, wiehert er ihnen nur ein- oder zweimal nach und reckt den Hals hinterher, dann ergibt er sich in sein Schicksal. Sowohl Flora als auch Toast würden in so einem Fall halb austicken. Man kann ja noch manches an seiner Erziehung verbessern, aber Geduld hat der Gute wirklich massenhaft."

In diesem Moment schien Otto plötzlich aufzuwachen. Blitzschnell schob er die Nase vor und bohrte sie in Moms Jackentasche. Sie stolperte einen Schritt zurück und fing an zu lachen. „Naja, meistens jedenfalls."

„Sind da Leckerlis drin?", fragte Anne und runzelte die Stirn ein bisschen.

„Ja", gab Mom zu. „Ab und zu kriegt er eins, zum Trost. Aber jetzt nicht, du kleiner Fresssack. Schlimm genug, dass du dir das schon angewöhnt hast mit dem Taschen-Absuchen, das muss man nicht noch unterstützen. Auch wenn's mir schwerfällt, dir zu widerstehen ..."

Kat dachte an die frisch gekaufte Kilopackung Leckerli. „Mom, sollte er nicht gerade abnehmen? Sind Trostleckerlis dann wirklich so eine gute Idee? Ich meine, ist das nicht wie eine Tafel Schokolade für Leute auf Diät?"

„Gut beobachtet", murmelte Anne neben ihr.

Mom machte ein schuldbewusstes Gesicht. „Naja, ich weiß ja. Aber das ist doch jetzt eine besondere Situation. Wenn er wieder fit ist, fangen wir mit der Diät an – Anne will mir helfen, einen Ernährungsplan zusammenzustellen. Aber jetzt doch noch nicht!"

„Ja, dann ...", sagte Kat gedehnt.

Anne seufzte und zuckte resigniert mit den Achseln. „Ich fände es besser, wenn du jetzt schon anfangen würdest, dich ein bisschen zurückzuhalten mit dem nahrhaften Trost. Den hat er inzwischen auch gar nicht mehr nötig. Ich würde vorschlagen, du lässt mich noch mal auf die Verletzung schauen, und dann können wir ihn wahrscheinlich morgen wieder mit den anderen rausstellen. Wie wild herumtoben wird er sowieso nicht, wie ich ihn kenne."

Otto machte ein paar Schritte zu seiner Raufe hinüber und nahm statt Leckerli ein Maul voll Heu, auf dem er fast schon vorwurfsvoll langsam herumkaute, während er Moms verheißungsvoll duftende Jackentasche nicht aus den Augen ließ.

Nun seufzte Mom. „Ich bemühe mich ja, ihm nicht dauernd was zuzustecken, wenn er mich so ansieht. Aber früher oder später kriegt er mich doch immer wieder rum. Da muss ich echt an mir arbeiten."

Anne lächelte wieder. „Na, wie heißt es so schön: Einsicht ist der erste Schritt auf dem Weg zur Besserung. Ich bin sehr gespannt, wo ihr beide euch zusammen hin entwickelt. Langweilig wird es uns hier im Stall mit diesem Pony bestimmt nicht so schnell."

Mom lächelte schief. „Mit der Besitzerin wahrscheinlich auch nicht."

„Schon verrückt", sagte Kat nachdenklich und stieß sich von

der Boxenwand ab. „Vor ein paar Wochen noch hätte ich mir nie vorstellen können, dass das alles passiert – dass ich hier freiwillig in einer Pferdebox stehe und reiten lerne und es gar nicht mehr nervig finde, wenn Mom am Abendbrottisch anfängt, über Pferderassen zu fachsimpeln und all das." Sie ging zu Otto hinüber und vergrub die Hände in seiner dicken Mähne.

„Tja, wenn einen die Pferdeliebe packt, dann geht das meist ganz schnell. Wie eine Infektion." Anne imitierte einen Niesanfall. „Und eins garantiere ich dir: Du wirst sie auch so einfach nicht wieder los."

„Na dann ist ja gut!", sagte Kat im Tonfall von Ronja Räubertochter und lachte.

Weitere 4-Teens-Bücher von FRANCKE

Melissa C. Feurer
überraschend anders
ISBN 978-3-86827-505-6
256 Seiten, Paperback

Meine Geschichte beginnt mit dem Happy End. Genau dann, wenn das Mädchen seinen Prinzen nach langer Zeit endlich bekommen hat und in einem traumhaften, weißen Kleid mit ihm in den Sonnenuntergang reitet.
Dieses Mädchen bin ich.
Von einem Pferd war an diesem Sommerabend keine Spur, der malerische Sonnenuntergang war am sturmzerzausten Wolkenhimmel auch nicht wirklich zu sehen und ein weißes Sommerkleid trug ich nur deshalb, weil meine ältere Schwester ihre Verlobung mit Mr. Wandelndes Bibellexikon feierte. Aber Luca hatte den Arm um meine Schultern geschlungen und das kam an mein persönliches Happy End schon richtig nahe heran.

Sam ist überglücklich. Endlich ist sie mit Luca, dem großen Bruder ihrer besten Freundin zusammen, den sie schon seit Jahren anhimmelt. Blöd nur, dass ihre Familie davon nicht wirklich begeistert zu sein scheint. Und blöd nur, dass einem keiner verrät, wie es nach dem Happy End eigentlich weitergeht ...

Melissa C. Feurer
Der Soundtrack deines Lebens
ISBN 978-3-86827-419-6
320 Seiten, Paperback

Lily freut sich riesig auf die Sommerferien. Zusammen mit ihren besten Freunden Cab, Leonie und Alex will sie am See zelten, die Auftritte von »Suneclipse«, Cabs und Alex' Band, genießen und einfach das Leben feiern. Doch es kommt anders als gedacht. Cab erkrankt an Leukämie. Sowohl die Band als auch ihre Freundschaft drohen daran zu zerbrechen. Doch Cab ist fest entschlossen zu kämpfen: um seine Freunde, um die Musik, um sein Leben. Für die anderen wird er zum Sinnbild der Hoffnung. Aber kann ihm das den Sieg über die tödliche Krankheit garantieren?

Brandilyn und Amberly Collins
Backstagetrouble
Glamour, Glanz & Gefahr – Band 1
ISBN 978-3-86827-378-6
304 Seiten, kartoniert

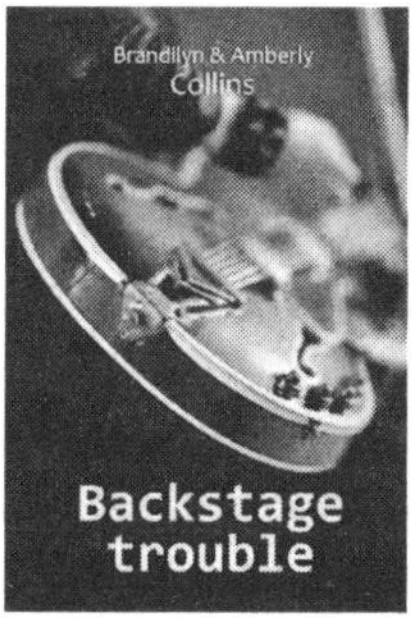

Shaley O'Connor ist 16, die Tochter einer bekannten Rocksängerin und führt ein Leben, von dem viele träumen. Limousinen, Luxushotels und Backstagepässe gehören zu ihrem Alltag einfach dazu. Aber dann stolpert Shaley während eines Tourkonzerts im Backstagebereich über die Leiche eines Freundes. Wer hat Tom auf dem Gewissen? Und hat sein Tod irgendetwas mit ihr zu tun? Plötzlich hat Shaley jede Menge Trouble. Sie bekommt nicht nur bedrohliche Nachrichten, sondern auch die Paparazzi verfolgen sie. Wo ist Gott, wenn sie ihn braucht? Shaley hat nur eine Chance, aus diesem Albtraum zu entkommen: Sie muss Toms Mörder finden, bevor er wieder zuschlägt.

Brandilyn & Amberly Collins
Spotlight
Glamour, Glanz & Gefahr – Band 2
ISBN 978-3-86827-420-2
304 Seiten, kartoniert

Bisher ist es die schlimmste Tournee ihres Lebens. Normalerweise reist Shaley O'Connor gerne mit ihrer berühmten Rockstar-Mutter von Konzert zu Konzert, aber diesmal ist einfach zu viel schiefgelaufen. Zwei Männer sind tot und einer hat ihr mit seinem letzten Atemzug zugeraunt: »Dein Vater hat mich geschickt!« Shaley ist schockiert. Von ihrer Mutter hat sie nie etwas über ihren Vater erfahren. Wer ist er? Was will er von ihr? Steckt er hinter den Morden? Als sich Shaleys Mutter nach einem Anschlag auf ihr Leben im Krankenhaus erholen muss, ist sie endlich bereit auszupacken. Doch während Mutter und Tochter in die spannende Vergangenheit eintauchen, hat die Vergangenheit bereits ihre Spur aufgenommen: Shaleys Vater ist auf dem Weg zu ihnen und entschlossen, sich durch nichts aufhalten zu lassen. Wird Gott Shaley im Auge behalten, wie er es ihr versprochen hat?

Brandilyn & Amberly Collins
Gekidnappt
Glamour, Glanz & Gefahr – Band 3
ISBN 978-3-86827-445-5
282 Seiten, kartoniert

Eigentlich sollte es der schönste Tag in Shaleys Leben werden. Ihre Rockstar-Mom Rayne O'Connor will endlich ihre Jugendliebe Gary Donovan heiraten, Shaleys Vater. Doch nur Minuten vor der Trauung entwickelt sich der Tag zum Albtraum: Shaley wird gekidnappt. Wer ist der Mann, der sie entführt hat – und vor allem: Warum? Während Rayne und Gary einen Wettlauf gegen die Zeit führen, um ihre Tochter zu finden, entwischt Shaleys Entführer der Polizei immer wieder. Shaley fürchtet um ihr Leben, doch sie zwingt sich dazu, stark zu bleiben. Und mit der Zeit begreift sie, dass nur einer ihr helfen kann ...

Max Lucado
You made my Day
Ein Überlebensguide für Teens
ISBN 978-3-86827-418-9
128 Seiten, Paperback

Wäre es nicht toll, gut gelaunt durch den Tag zu gehen? Und zu spüren, dass Gott da ist? Zu oft ziehen 24 Stunden einfach so an einem vorbei ... und geben dem nächsten öden Tag die Klinke in die Hand. Wäre es nicht super, wenn du selbst beeinflussen könntest, wie dein Tag läuft? Wenn du die Zeit mit Bedeutung und Sinn füllen könntest? Wenn du die Möglichkeit hättest, aus den Zitronen des Lebens Limonade zu machen? Aber hat man da überhaupt eine Wahl?
Max Lucado antwortet darauf mit einem ganz klaren Ja. Mit lustigen und lebendigen Geschichten aus dem Alltag und der Bibel zeigt er, wie du deinen Tag in Gottes Nähe so gestalten kannst, dass er gelingt. Selbst dann, wenn er ätzend angefangen hat ...